VEVA

Carmen Kurtz

VEVA

noguer

Título original: *Veva*
© del texto: Carmen Kurtz, 1980
© de las ilustraciones: Odile Kurtz, 2009
© Editorial Planeta, S. A., 1980
Avda. Diagonal, 662-664, 08034 Barcelona

Primera edición en esta colección: mayo de 2009
Novena impresión: noviembre de 2024
ISBN: 978-84-279-0087-5
Depósito legal: M. 41.001-2011
Impreso por Huertas Industrias Gráficas, S. A.
Impreso en España - Printed in Spain

El papel de este libro procede de bosques gestionados
de forma sostenible y de fuentes controladas.

La lectura abre horizontes, iguala oportunidades y construye una sociedad mejor.
La propiedad intelectual es clave en la creación de contenidos culturales porque
sostiene el ecosistema de quienes escriben y de nuestras librerías. Al comprar
este libro estarás contribuyendo a mantener dicho ecosistema vivo y en crecimiento.
En Grupo Planeta agradecemos que nos ayudes a apoyar así la autonomía creativa
de autoras y autores para que puedan seguir desempeñando su labor.
Dirígete a CEDRO (Centro Español de Derechos Reprográficos) si necesitas fotocopiar
o escanear algún fragmento de esta obra. Puedes contactar con CEDRO a través de la
web www.conlicencia.com o por teléfono en el 91 702 19 70 / 93 272 04 47.

A todos los niños
A todos los padres

—Nunca pido consejo en lo que se refiere a crecer —dijo Alicia indignada.
—¿Orgullosa? —preguntó el otro.
Ante esta observación, Alicia se incomodó más todavía.
—Quiero decir —explicó— que el hacerse mayor le resulta a una inevitable.

LEWIS CARROLL
(A través del espejo)

EL NACIMIENTO

Vine al mundo en otoño.

    Nadie me preguntó si quería nacer o prefería quedarme en ese lugar sin nombre pero que seguramente existe. Es como una esfera llena de oportunidades, parecida al bombo de la lotería. De pronto sale tu bola y no sabes si eres el premio gordo, el segundo, el tercero o la pedrea, con la diferencia de que la lotería termina en cuanto la bola cae en el cesto, mientras la vida empieza justo en ese momento. Una gran aventura, si puedo expresarme como los mayores. Hasta ahora he tenido tanto trabajo que me ha sido imposible poner en orden mis memorias. A los nueve meses que acabo de cumplir, los niños empiezan a ser algo. No quiero perder ni un minuto de mi tiempo y voy a relatar lo vivido.

Recuerdo un lugar cálido, redondo, donde todas mis necesidades se hallaban a cubierto. Ni frío ni calor. Oscuro para mi gusto, pero eso es inevitable. Ningún ruido, salvo el acompasado latir del corazón de mi madre. Sigo creyendo que es el más hermoso de todos los sonidos, y aún lo persigo cuando mi madre me acuna, me toma en sus brazos y mi cabeza descansa en el lado izquierdo de su pecho. Un ruido aterciopelado, sin estridencias, que proporciona seguridad y paz. Un sonido bueno entre tanto ruido malo como hay en el mundo.

Puse todo mi empeño en nacer. Era algo exclusivamente entre mi madre y yo, y me sentí en la obligación de ayudarla. Difícil, ¡ya lo creo!, pero si otros lo habían conseguido —me decía yo en aquellos momentos—, ¿por qué no había de conseguirlo yo? Gateé por un túnel oscuro y resbaladizo. Mi madre empujaba, y yo aprovechaba sus esfuerzos para avanzar hacia la salida. Un penoso camino. Me atasqué y empezó a fallar algo. Quise gritar y no pude. Vi que me jugaba el pellejo si no me daba prisa y gateé de nuevo. Un resquicio de luz me advirtió que iba por buen camino. El murmullo de unas voces extrañas y los gemidos de mi madre me estimularon. Debía salir de allí como fuera, era cuestión de aligerar y saqué la cabeza mientras un dolor intenso estallaba en mi pecho. En aquel momento alguien se apoderó de mí. Con una mano me agarró los pies y con la otra me propinó una zurra en el trasero. «¡Vaya manera de recibirme!», pensé mientras abría la boca y lanzaba mi primer grito, un aullido de dolor, mejor dicho. Mis pulmones se llenaron de aire.

—Es una niña —dijo el médico—. Una hermosa niña.

Los mayores emplean frases hechas en cualquier ocasión. Pero en mi caso lo de hermosa era cierto. El recién nacido, si pesa más de cuatro kilos, es hermoso. No porque tenga la nariz así o asá, los ojos chicos o grandes, la boca redonda o estirada. Yo era una hermosa niña porque era gorda, pesaba más de cuatro kilos y tenía de todo: dos ojos, dos orejas, dos brazos, dos piernas, dos pies, dos manos y todos los dedos que hay que tener. También un mechón de cabello negrísimo y lacio.

Aquel bárbaro que me había pegado me pasó a otras manos, y mientras él se ocupaba de mi madre, me dio por mirar a mi alrededor. Las nuevas manos, las de la enfermera-comadrona, me aseaban. ¡Caramba si era curiosa la buena mujer! Incluso me limpió la boca por dentro con un dedo gordísimo que por poco me ahoga. A su lado, y muy pendiente de mí, vi a una mujer con cara redonda, algo achinada. Sí, hubiérase dicho una vieja china, con gafas y todo. Los cristales de sus gafas aparecían salpicados de lágrimas, pero ella sonreía. Muy poco después supe que era mi abuela materna; mi madre la llamó mamá.

—Mamá, ¿cómo está la niña?
—Bien, hijita, bien.
—¿Es bonita?
—Preciosa.
—¿Tiene de todo?
—No le falta ningún trozo, hijita. No te apures.

Aquella madre de mi madre me cayó bien porque hablaba en voz queda y, a pesar de las salpicaduras de sus gafas, me sonreía. En cuanto pudo liberarme de las manos de la comadrona me tomó en sus brazos, me estrechó contra ella y pude escuchar los latidos de su corazón, que parecía a punto de estallar. Murmuró algo así como «Vida mía», cosa que en aquel momento no comprendí del todo, tan aturrullada me sentía.

Luego, la Buela me puso en brazos de mi madre y la

miré. Nos miramos. Hubiera querido pedirle perdón por tanto trajín, pero eso no se hace. Los mayores esperan que los recién nacidos lloren; pero no que hablen. Eso lo sé como tantas cosas que poco a poco uno olvida. Quise a mi madre en cuanto la vi. Le hubiera echado los brazos al cuello y llenado de besos y caricias, la vi tan pálida... Me limité a estar quieta, sin cansarme de mirarla, hasta que la Buela me tomó de nuevo en sus brazos, abrió la puerta de aquella habitación tan blanca y desangelada y llamó a papá.

—Es una niña, Enrique. Una niña preciosa.

Y como la Buela, sin encomendarse a Dios ni al diablo, me depositó en brazos de mi padre, no tuve más remedio que mirarle.

—¿Una niña? —preguntó como extrañado.

—Sí, una niña. ¡Cuidado! No la apretujes.

¡Qué torpe era el hombre! Tuve tanto miedo de que me dejara caer que me puse a llorar, esta vez a gusto. Y mi padre me pasó rápidamente a la Buela, de modo que no tuve tiempo de fijarme demasiado en él; me pareció un hombre bien parecido, aunque algo viejo. Luego supe que los cabellos canos no siempre son signo de vejez, que en la familia de papá blanquean muy pronto y que eso da un aire distinguido. Me propuse gustarle a papá, que tenía muchos quebraderos de cabeza y que, sigo creyéndolo, es muy torpe. Buena persona por lo demás, ya que depositó un beso en mi frente, algo así como si dijera: «Bueno, te perdono. Maldita la falta que hacías, pero ya está hecho. No te esperábamos. Tu hermana mayor tiene dieciocho años; los dos chicos,

dieciséis y doce. Creíamos que la familia terminaba en nosotros, y ahora hemos de contar contigo. En fin: no se hable más del asunto».

Me hubiera gustado volver un ratito a los brazos de mi madre, pero no me dejaron. Me llevaron a una sala, muy espaciosa, llena de cunas con otros recién nacidos. Me pusieron boca abajo, de modo que todo mi panorama consistía en la superficie lisa y blanca de una sábana. Estúpido. En cuanto me dejaron en paz, me di la vuelta. Mis compañeros dormían en aquella absurda posición:

boca abajo. Cuando entró la enfermera y me vio boca arriba, pegó un grito:

—¡Se ha dado la vuelta! ¡Se ha dado la vuelta!

Y la voz se corrió por la clínica como si darse la vuelta fuese algo extraordinario.

Poco después vi tres caras pegadas al cristal de la *nursery*, deduje que eran mis hermanos. La mayor, Natacha, me miró sin el menor cariño, como diciéndome:

—No te hagas ilusiones, niña. Siempre seré la mayor, el ojo derecho de papá. Y tú pasarás por el tubo como lo han hecho tus hermanos.

Sostuve su mirada y a mi modo le contesté:

—Eso está por ver, mandona.

Y me fijé en Alberto, el de dieciséis. Me miraba entre sorprendido y contento. Más bien contento, sí. Vi que movía los labios para decirle algo a Natacha, pero no pude oír su voz; la *nursery* era insonora. Natacha se encogió de hombros, y entonces Alberto le dio un codazo. Me miró de nuevo y me sonrió. Yo agité el brazo para decirle «hola», pero en seguida me di cuenta de que aquello no se hacía y me fingí dormida. Sin embargo, no cerré del todo los ojos, porque mi hermano pequeño, Quique, me contemplaba con una sonrisa de oreja a oreja. ¡Caramba! ¡Qué sonrisa tan buena! Hubiera querido decirle: «Quique, te adoro. Estoy contenta de ser tu hermana», pero lo mejor era hacer lo que se espera de un recién nacido. Cerré los ojos y mi corazón se llenó de alegría. El balance era bueno. Tenía de mi lado a mamá, a la Buela Genoveva, que así se llama la mamá de mi mamá, y a Quique. Papá era buena persona, tendría que conquistarlo poco a poco. Alberto parecía conciliante, y en cuanto a Natacha... Bueno, aquellos ojos tan azules me daban un poco de miedo, pero quizá fuera cuestión de días que se hiciera cargo de mi situación. Al fin y al cabo, ¿qué culpa tenía yo de haber nacido?

MI CASA

Mamá quería llamarme Sandra (no sé a santo de qué). La Buela quería ponerme Thaïs (tenía sus razones). Papá dijo que lo correcto era darme el nombre de su madre (había muerto y se llamaba Rosa). Alberto afirmó que le gustaban los nombres bíblicos: Noemí, Séfora, Sara, Ruth, Raquel... Quique opinó que debía llamarme Paola, porque andaba enamoriscado de una compañera de clase que se llamaba así. Natacha no vaciló: tenía que llamarme Genoveva, como la Buela. No es que a mí me importara, pero sé que lo hizo con muy mala uva. No se entendía con la Buela y aquel nombre le parecía horrible. La Buela, quien tampoco lo encuentra a su gusto, se opuso.

—Natacha, ¡por Dios! Genoveva no es un nombre bonito. Siempre lo he llevado a cuestas. Llamémosla Thaïs. Es el nombre que yo hubiera querido para mí, y si hubiera tenido otra hija, así la habría llamado.

Me propuse aceptar el nombre que mamá decidiera. Al fin, en aquel pequeño plebiscito que se celebró en la clínica, al anochecer de un día de otoño, se decidió mi nombre.

—Natacha tiene razón —dijo mamá—. Se llamará Genoveva. No hay nombres bonitos o feos. Sólo las personas los afean o embellecen.

La Buela se levantó y besó a mi madre.

—Gracias —le dijo. Y se quitó las gafas para secárselas.

Natacha se infló de contento. A sus ojos, ya me había desgraciado.

Papá dijo que bueno.

Alberto se encogió de hombros y siguió emperrado en los nombres judíos.

Quique se inclinó sobre mi cuna y me susurró:

—Veva. Vevita. No está mal.

—Nada de diminutivos —saltó Natacha—. Genoveva.

Pero mamá, con su voz mansa que resulta invencible, afirmó:

—Veva es un nombre bonito.

No sabría describir la emoción que me produjo mi primera comida. Aunque bien pronto empecé con los biberones —mamá trabaja fuera de casa, y la Buela, como es natural, no puede darme el pecho—, la primera vez que me agarré a mi madre creí volverme loca de contenta. Esas redondeces tibias, siempre propicias, son el mejor invento de la naturaleza. De ellas salía un líquido en su punto, ni soso ni dulce, ni caliente ni frío. Riquísimo. Yo tiraba con fuerza mientras mamá me miraba. Y, por si fuera poco, podía escuchar mi música preferida, el «bum, bum» aterciopelado de su corazón que durante tantos meses fue para mí signo de vida. Bebía sin freno hasta quedar adormecida de gusto, y entonces mamá me desprendía suavemente, me levantaba en sus brazos sosteniendo mi cabeza y me daba unos golpecitos en la espalda para que eructase. Ese ruido tan feo era esperado por mi madre como la recompensa, algo así como las gracias por tan rico alimento, y yo no me hacía rogar. Expelía rotundamente el aire tragado, y mamá quedaba tranquila. También yo. Al principio quise hacerme la fina y no eructaba, con lo que conseguía una desazón y un malestar de lo más molestos. Cuanto más ruido, más contentos estaban todos, menos Natacha, claro, quien decía: «¡Qué horror!», como si ella estuviera limpia de culpa, como si nunca hubiese mojado un pañal, ni hecho ruidos prohibidos a los mayores: ¡qué cursi! Como decía, aquellos primeros festines —pronto suspendidos debido a las ocupaciones de mamá fuera de casa— quedan entre mis mejores recuerdos. Cuando mi madre empezaba a desabrocharse el camisón, o la blusa, yo temblaba de contenta. En cuanto fui mayor, a los tres meses o así, palmoteaba de alegría. Golpeaba cariñosamente aquellas generosas despensas. Durante las horas de ausencia de mamá debía conformarme con los biberones, pero fuera de las horas de trabajo, mi madre prolongó mi lactancia casi cuatro meses. ¡Y cuánto se lo agradecí! La verdad es que entre una cosa y otra me puse como un toro.

Pero dejando de lado esto, tan esencial, me parece interesante describir el ambiente de los míos. Mi casa. El lugar donde me destinó aquella lotería de la que hablaba hace un rato.

No hace falta ser un lince para saber si en una casa falta o sobra dinero. En la mía, lo que se dice sobrar, no sobra. Faltar, tampoco. Vamos justos, a pesar del trabajo de mi padre y de mi madre y de la pequeña pensión de la Buela. Los gastos son grandes, y la casa resulta pequeña para tanta gente. Tres dormitorios, cuarto de estar, comedor, cuarto de baño, cocina y un cuartito —en principio debía servir para la plancha— que ocupa la Buela. Hace algunos años, Natacha y ella compartían el mismo dormitorio, pero Natacha empezó a decir que ella necesitaba espacio para estudiar y para sus cosas, de modo que la Buela fue a parar a aquella suerte de trastero que ella acondicionó decorosamente con un armario empotrado. Sólo queda espacio para una cama pequeña, una mesita y una silla. La Buela dice que es suficiente, que ella duerme poco y no le gusta tumbarse durante el día. La mayor parte del tiempo lo pasa en la cocina. Luego supe que no quería imponer su presencia a los demás, que Natacha casi nunca le hablaba, que era normal que papá y mamá tuvieran cierta intimidad y que únicamente cuando algún programa de televisión le interesa, se sienta detrás de todo, como es muy présbita, no le importa estar lejos de la pantalla. Por el momento duermo en el dormitorio de mis padres. Es lo normal.

—No sé dónde meteremos a Veva cuando se haga mayor —oí decir a mamá hace algún tiempo—. Natacha necesita su habitación, y en la de la Buela no cabe otra cama.

—La Buela no será eterna —contestó Natacha—. Cuando muera, la pequeña podrá dormir en el trastero.

Pensar que la Buela podía morirse me dio mucha pena y tuve ganas de decirle a Natacha: «Y tú puedes casarte. Aunque compadezco de antemano al cándido que cargue contigo».

Los dos chicos no decían nada. Ellos se entienden bien y, aunque el dormitorio no sea demasiado grande, no se quejan.

Mamá se quedó en casa quince días; los recuerdo como los mejores de mi vida. En cuanto me despertaba, me metía en un baño con mucha espuma. Me hubiese gustado nadar un poco en aquella bañera que una vecina regaló a mamá cuando yo nací, pero no lo hice para no asustarla. Luego me envolvía en una toalla tibia, me rebozaba en talco, me vestía y me daba el pecho. Mi apetito, después de aquel trajín, era feroz. Después volvía a dormir un buen rato. Por fortuna, mamá pasó por alto las recomendaciones de la comadrona de ponerme boca abajo. En la clínica lo intentaron varias veces, hasta que pude vencer tanta machaconería. De modo que me dejaron en libertad de dormir a mi aire.

Al cabo de quince días, mamá volvió a su trabajo y sólo la veía por la mañana, al mediodía y por la noche. Fue cuando la Buela empezó a darme biberones. Eran buenos, lo confieso, pero nunca pude jugar con ellos como lo hacía con los pechos de mi madre. De todos modos, disfruté de ellos hasta que un mal día aquellas fuentes dejaron de manar y yo, con harto dolor, tuve que conformarme con otros alimentos. Me olvidaba: hubo una desgraciada intentona de engañarme con un chupete, para consolarme. Como si fuera tonta. Ni que decir tiene que escupí al punto tal sucedáneo.

La primera vez que me quedé en casa sola con la Buela me di cuenta de muchas cosas. Buela me hablaba sin percatarse de que yo la comprendía perfectamente. Dirigirme la palabra era, por su parte, una gran muestra de consideración. Me hablaba de todo. Que se casó muy joven y tuvo dos hijos varones que no viven en esta ciudad y que, poco a poco, se han despegado de ella. Sólo le mandan unas líneas en Navidad y para su santo, y un regalito en metálico no muy espléndido porque tienen su familia y los tiempos están malos. Debe de ser verdad, porque papá también dice lo mismo: que la política va fatal, que si la crisis, que si el desempleo, que hay que tener paciencia y esperar que todo se arregle de una santa vez. Mamá, por su parte, añade que otros están peor, que por lo menos en casa todos estamos sanos y que no sabe cómo se arreglan los matrimonios con ocho o más hijos. Pero las conversaciones de la Buela son más divertidas; por lo visto, no le gusta la política. La Buela me cuenta su vida, que ha sido muy accidentada. Se ha casado dos veces. Los dos hijos varones, los que están lejos, son del primer marido, el que murió en la guerra.

—Era un hombre guapo y bueno —me decía al mostrarme la fotografía de aquel primer marido.

Sí era guapo, sí. No sé si era militar o si la foto es de la guerra. Me inclino por lo último. ¡Caramba!, también es triste que un hombre muera en la guerra, a los treinta y dos años que tenía, dejando viuda y dos hijos. La Buela tuvo que triscar duro para educarlos.

—Eran toda mi vida —decía—, pero yo no supe, o no pude, resignarme. Total: al terminar la guerra encontré a mi segundo marido, el padre de tu madre. No era tan guapo como el primero, pero yo tenía menos tonterías en la cabeza. Se casó conmigo y quiso a los dos chicos como un padre. Cuando nació tu madre, tuvimos unos años felices.

Me gustaba escuchar a la Buela y pensar que, gracias a su exótico rostro, se había casado un par de veces. Me enseñó la foto de su segundo marido. La foto de la boda. Y allí la vi de joven. Parecía una vietnamita o una filipina. Pequeñita, delgada y con los ojos rasgados. Ahora sigue igual de fina, pero ha engordado de cara. Tiene la vista cansada de tanto coser. En su mesilla de noche guarda las fotos de sus dos hombres y me pregunto a cuál quiso más, pero ésas no son cosas que se dicen así como así. «Cuando la Buela esté preparada para la sorpresa que le reservo —me dije—, lo pasaremos muy bien.» Porque me di cuenta de que, en cierto modo, estaba muy sola. Cuando ha terminado de preparar la comida, coge el cesto de la ropa y pega aquí un botón, allí echa un zurcido, acá repasa un dobladillo. No para la Buela, y cuando lo hace es para atenderme. Debía decidirme. Por el bien de la Buela, tenía que demostrarle mi diligencia. «Seguramente —pensé— sabrá guardar el secreto, porque de otro modo dirán que chochea.» Natacha lo insinuaba a todo momento. «La Buela está chocha. Vuelve a la infancia.» La muy mema. Quizá Natacha tuvo una infancia alelada, pero la mía es distinta. Tengo la memoria heredada de todos los míos, y si me entiendo con la Buela es por la sencilla razón de que me hago cargo de muchas cosas.

QUIERO QUE ME QUIERAN

«Lo mejor —pensé— es hacerlo como quien no quiere la cosa, de un modo natural.» En el cuarto de estar tenemos una jaula con una pareja de canarios. Es un encanto oírlos. ¡Qué notas! ¡Qué escalas! ¡Qué arpegios y gorgoritos! Un matrimonio ejemplar. Cuando la Buela limpia la jaula —hay que ver la de cacas que hacen los animalitos— y les pone agua fresca, alpiste, mijo y galleta, se vuelven locos de agradecimiento. Le dan las gracias. También les pone un bañito, y nunca se baña el macho antes que la hembra. La pájara mete las patas dentro del baño, ahueca las plumas, chapuza la cabecita y agita las alas entre mil salpicaduras, mientras el macho aguarda pacientemente. En cuanto ella sale y se alisa pluma tras pluma con el pico, él se contenta con el poco de agua que le ha dejado y se asea lo mejor que puede. Cada día lo mismo. Ella primero y él después. Si la Buela añade un poco de agua al baño, el canario se ofende. No quiere poner en evidencia a la canaria. Todo un caballero. Pues bien, estábamos la Buela y yo en el cuarto de estar, en el que da un sol de gloria, cuando la pájara empezó su ceremonia. Y luego él se dio un lavado de gato con el resto del baño. Entonces yo le dije a la Buela:

—Es un marido ejemplar.

Hice muy mal, ya lo sé, porque la Buela me tenía en brazos y se llevó un susto de aúpa. No me dejó caer de milagro. Sacudió la cabeza como si mi voz hubiera sido un sueño, un pensamiento de ella dicho en voz alta, y tuve que repetirle:

—Sí, Buela. Digo que es un buen marido. El pájaro. El canario.

Los ojillos achinados de la Buela se abrieron al máximo.

—Veva, chiquilla, ¿qué dices?

Tuve que repetirlo por tercera vez, y aquélla fue la vencida.

—Pero ¿sabes hablar?
—Naturalmente. ¿Qué tiene de extraordinario?
—Los bebés no hablan. No saben hablar hasta... Bueno, algunos empiezan a decir papá y mamá hacia los seis meses, creo, no recuerdo bien.
—Todos los bebés sabemos hablar, pero nos callamos para no asustar a los mayores. Y para que no abusen de nosotros.
—¡Qué cosas dices, Veva!
—Somos egoístas, Buela. Si no hablamos, si no demostramos ninguna habilidad, los mayores están pendientes de nosotros, ¿comprendes?
—No muy bien, Veva, pero lo cierto es que hablas.
—Ponme en el suelo, Buela. Verás qué divertido.

La Buela, con infinitas precauciones, como si yo fuera de cristal, me depositó en el suelo. Entonces di unas volteretas, luego correteé a gatas, un ejercicio muy sano que sirve para coordinar, finalmente me puse en pie y troté por toda la casa perseguida por mi Buela, quien iba pegando gritos entre asustada y maravillada.

—Ven aquí, Veva. Te creo, te creo, chiquilla, pero ten cuidado.

Volví a su lado pegando brincos. Me levantó del suelo y me apretujó en sus brazos como para defenderme de mí misma. Yo me reí.

—Buela —le dije—. De esto, ni pío. Pero me parece tonto que pases el día cambiándome los pañales cuando puedo hacer pis como todo el mundo. Me sientas en un orinalito y verás tú.

Desde el día aquel ahorré un montón de pañales y de ropas. Mamá se extrañó al ver la bolsa en donde se guarda todo lo que ensucio casi vacía. Y la Buela mintió por primera vez.

—La siento en el orinalito y hace pis tan ricamente. Es una niña muy limpia.

—¡Qué dices, mamá! ¿De veras hace pis? Si no se moja lo suficiente, tendremos que ir al médico.
—Te aseguro que es verdad —afirmó la Buela—. La siento cada dos horas y no se ensucia.

—¡Qué raro! Déjame probar.

Me quitó el montón de pañales que llevaba y me sentó en el orinal. Hice un pis como una casa, y mi madre lo contempló como si fuera de oro.

—Es verdad —exclamó asombrada—. ¿Y lo otro?

—También. Cuando tiene ganas, claro.

—No la fuerces —recomendó a la Buela—. Podría desviársele la columna vertebral.

¡Qué pena no poder hablar con mi madre! No era prudente. Por lo visto, mis hermanos se guardaron muy mucho de decir esta boca es mía y se mojaron hasta muy crecidos. Así se ocupaban de ellos. Y perdieron la memoria heredada, la que todos tenemos al nacer y va desapareciendo en cuanto nos hacemos mayores. Aquella tontería del pis colmó de orgullo a mamá y la pregonaba a cuatro vientos. Si tenía algún día libre y me llevaba de compras con ella, en el carrito, se llenaba la boca con aquello de que yo no me mojaba. La gente me miraba, y ella se esponjaba como la pajarita en el baño. «¡Qué niña tan hermosa, Natalia!», le decían las amigas, las conocidas. Yo tendría entonces un mes o así, y ella, inmediatamente, salía con lo del pis. Las amigas no la creían. Por lo bajines se decían unas a otras: «La pequeña le tiene sorbido el seso. Tan desesperada como la vimos cuando nos anunció que esperaba un nuevo hijo, y ahí la tienes, babeando de dicha. Y la abuela está más chocha que nunca.»

Me da una rabia atroz cuando dicen que la Buela chochea. Yo sé que, por el contrario, le está volviendo la memoria de las cosas importantes. Ahora que tengo confianza con ella, pasamos unas horas la mar de divertidas. Y puedo ayudarla.

Pero aquello no fue más que un principio. A quien quería conquistar era a mi padre. Aún no sabía su punto flaco. Tenía que averiguarlo. A los hombres todo el asunto de pañales y demás los deja fríos. Como ellos no han de lavarlos...

Unos días después le di un beso a mamá. Pegué mi cara a la suya y apoyé mis labios en su mejilla. Le di un beso, «chis», con ruidito. Mamá se creyó que era un pequeño eructo y me dio unas palmaditas en la espalda. Yo me reí, y ella se rió conmigo.

—¡Ya se ríe! —dijo gritando—. ¡Ya se ríe!

Por poco suelto una carcajada.

—Mira, Enrique, ya se ríe. Ya me conoce.

Papá, que estaba escuchando música, se levantó de mala gana para saber si era verdad aquello de que me reía. Estiré mi boca de oreja a oreja, y el hombre pareció emocionado. Luego se fue en seguida y yo me puse a llorar.

—Calla, tontita —dijo mamá—. No llores. A papá le gusta mucho la música. Es su mayor distracción.

Claro. ¿Cómo no darse cuenta de que a papá le gusta la música cuando lo primero que hace al llegar a casa es poner el tocadiscos? Y música buena, no como la que ponen mis hermanos, que a veces parece música de locos. Papá tiene un tocadiscos que pagó a plazos, y se pone hecho un basilisco si se lo tocan. Mozart es su preferido. También me gusta a mí, pero confieso que algunas sonatas de Beethoven me hacen llorar de emoción. Y otros.

—Buela, cuando papá esté escuchando música, ponme a su lado —le dije a la Buela.

—Le molestarás, Veva. Tu padre escucha música como si estuviera en misa.

—Tú hazlo, Buela. Me portaré bien.

Buela empezaba a hacerme caso, a tener confianza en mí. Poco tiempo después, mientras papá escuchaba *La flauta mágica*, la Buela me tomó en brazos y se sentó al lado de papá, cosa que nunca hace, por prudencia. En la cocina mamá daba los últimos toques a la cena, y papá, sorprendido por aquel atrevimiento de la Buela, la miró como preguntándole:

—¿A santo de qué estas novelerías?

La Buela apoyó el índice en sus labios —los tiene fruncidos— y luego, con sus ojillos achinados y un movimiento de cabeza, hizo que se fijara en mí. Yo pensé: «Ahora o nunca». Entreabrí los ojos, como embelesada, sin chistar. Poco a poco dejé rodar por mis mejillas dos lagrimones. Y otros dos. De emoción, porque también a mí me gusta la buena música. Papá no podía creerlo. Finalmente soltó una voz que me hizo tiritar de miedo.

—¡Natalia! ¡Natalia! Mira esto.

Mamá vino corriendo, asustada, pero al ver la cara de satisfacción de papá, preguntó:

—¿Qué ocurre?

—Veva. Entiende la música. Fíjate en esos lagrimones. No llora. Es emoción.

Y me tomó en sus brazos. Me retuvo hasta que terminó el disco. ¡Qué felicidad! Al poco, mamá dijo que era hora de cenar que iba a ponerme en la cuna. Papá me miró un buen rato y me dio un beso distinto a los otros. Un beso de verdad, no de compromiso. Me entraron ganas de devolvérselo, pero me dije que no había llegado el momento.

BUELA Y DIOS

Empezaba a ser mayor, como dos meses o así, cuando me enteré de que iban a bautizarme. Antes se hacía a los pocos días del nacimiento —eso comentó la Buela—, pero ahora hay que esperar. El párroco reúne un montón de madres con sus respectivos hijos, y así se ahorra mucho trabajo.

Buela se pasó la tarde del día anterior planchando mi vestido; fue el mismo que ella llevó en semejante ocasión, lleno de lorcitas y puntillas, larguísimo. Debajo del vestido, una especie de refajo con puntillas también. Y un gorrito. Todo bien almidonado y rizado. Cuando me vistieron, me sentí algo incómoda, pero Buela no cabía en su pellejo. Natacha me miró con ese modo de mirar tan poco amistoso que tiene.

—Parece una escarola —comentó.

Alberto soltó una carcajada. Casi siempre se ríe de lo que dice Natacha. Papá sonrió. Quique me tomó la mano y me hizo cosquillas en la palma con la punta de su índice, cosa que agradecí. Mamá me tomó en brazos después de envolverme en una gran toquilla de lana; estábamos a principios de diciembre y hacía un frío pelón. La parroquia cae a dos pasos, de modo que fuimos a pie: papá, mamá, Buela, Quique y yo. Quique iba a ser mi padrino, y la Buela, mi madrina. Ella dijo que era demasiado vieja, pero yo le había pedido que aceptara. Quique, en contrapartida, era muy joven.

En la iglesia hubo concierto de berridos. Y el cura parecía muy apresurado; tanto llanto le ponía sin duda algo nervioso. Buela me quitó el gorrito de encajes cuando me llegó el turno. ¡Qué agua más helada la de la pila! Me dejó sin resuello, y comprendí los llantos de mis compañeros. Me impusieron tres nombres: Genoveva (por Buela), Rosa (por la otra Buela) y Bruna (por ser San Bruno el día de mi nacimiento). Creo que salí bien librada. Esto fue un sábado por la tarde y luego volvimos a casa. Natacha y Alberto se habían ido al cine. La Buela sirvió unas copas de jerez a los demás, y a mí me dio a lamer una cucharilla con una gota de aquella bebida, que no me gustó en absoluto. Se brindó por mi salud y larga vida.

Los sábados por la tarde y los domingos son días estupendos: papá y mamá están en casa. Los demás días de la semana se levantan muy temprano, y cada cual tira por su lado. Pero los domingos mis padres se quedan en cama hasta más de las nueve, para descansar de los madrugones cotidianos. Mi sueño es ligero y me gusta mirar cómo duermen mis padres. Muy juntos, en la cama de matrimonio. Son igual que la pareja de canarios. Casi igual, quiero decir. Porque los canarios, cuando empiezan a tener sueño, se esponjan, parecen dos borlas de pluma, ponen el pico bajo el ala y se pegan el uno al otro. El macho es más dormilón que la hembra. Ella se despierta al menor ruido, mientras él sigue roque. A papá y mamá les sucede lo mismo. No se esponjan, claro, porque no tienen plumas, ni esconden la cabeza bajo el ala porque tampoco tienen alas, pero duermen el uno contra el otro y yo no me canso de mirarlos. De ese sueño brota mi seguridad. Soy egoísta, ya lo sé, pero me gusta sentirme protegida, y la unión de mis padres me protege; eso debe de ser amor. En las mañanas del domingo, mientras ellos duermen, yo los miro. Y procuro no despertarlos. Pero si tengo hambre y me pongo a llorar, que es lo propio, mi madre se levanta y me acaricia la cabeza con su mano tibia.

—Chisst. No llores. Papá duerme.

Lloro un poco más fuerte para que ella me tome en brazos y me meta con ellos en la cama grande. Allí se está como en los cielos. Al cabo del rato, aunque ya no llore, se despierta papá y me pone entre ellos dos. Los dos me abrazan. Somos un abrazo.

Empiezan a hablar de mí y yo los escucho. Dicen una serie de disparates, todos agradables: que es una suerte que haya nacido, que la casa se estaba poniendo muy aburrida, que qué ojitos tan lindos tengo: «Algo achinados, como la Buela», dice papá, refiriéndose a la madre de mamá. «Pero también se parece a ti —dice mamá—. Tiene tu barbilla y se le está rizando el pelo.» Papá me mira detenidamente. He perdido el mechón negro y lacio, y me está saliendo una pelusa del color de las castañas. «Pobrecita —dice papá riendo—. Tendrá canas a los veinticinco años, igual que yo.» «Te empezaron a salir a los treinta y cinco», corrige mamá. «Lo mismo da. Treinta y cinco.

¿Cuántos años tendré cuando Veva cumpla treinta y cinco?» Mamá cuenta: «Setenta y siete», dice después de una rápida suma. «Estaré hecho un yayo», dice papá. «Serás un yayo mucho antes de eso.»

(También hablaban a menudo de Natacha, de su posible boda. «Cualquier día se nos casa Natacha», decía mamá. «¿Casarse? ¿Acaso?...» «No, hombre, no. Pero un día u otro se enamorará y se casará, ¿no crees?» A mí me hubiera encantado que Natacha se casara, pero incluso los papás lo veían como algo remoto.)

Al fin mamá se levanta.

—Hace rato que oigo trastear a Buela —dice como excusándose—. Trabaja demasiado desde que nació Veva.

—Yo creo que le gusta. Parece más despejada que antes.

—Se siente menos sola.

—Tu madre nunca se ha quejado de soledad —dice papá algo picado—. No tendría razón. Está con nosotros.

—Sí. Está con nosotros —contesta mamá. Y repite—: Está con nosotros.

Yo sé lo que mamá ha querido decir, y papá también lo sabe, pero a veces los hombres también esconden la cabeza bajo el ala, como los pájaros.

Poco más o menos, éstas son las conversaciones de mis padres, desde que yo recuerde. Hay que ver lo que se repiten los mayores.

Los domingos por la mañana, Buela se levanta más temprano que de costumbre. Se viste y va a la pastelería para comprar cruasanes y ensaimadas rellenas con cabello de ángel. Prepara un café muy fuerte y pone la mesa para todos. Cuando mamá se levanta, ella ya ha desayu-

nado. Parece que el domingo mamá tiene más tiempo para Buela.

—Mamá, ¿por qué te levantas tan temprano? Trabajas demasiado —le dice.

Y hasta tiene tiempo de darle dos besos y asegurarle que sin ella todo iría manga por hombro, pero que le prohíbe trabajar tanto, que ella tiene tiempo para hacer aquellas cosas...

Yo sé que Buela está esperando el domingo para ver a mis padres desayunar juntos y sentados a la mesa; los otros días lo hacen en la cocina y en un vuelo. El olor del

café con leche y de los cruasanes es delicioso. Yo me quedo con la Buela en la cocina mientras los papás desayunan. Quique, a menudo, lo hace con ellos. Alberto llega cuando casi han terminado, y Natacha es siempre la última. Se sienta a la mesa desgreñada, bostezando, con la bata tirada sobre los hombros. Buela no dice ni pío, pero aquello no le gusta nada. A ella nunca la he visto en bata. Bueno, sí, una noche que no pude dormir y vino al dormitorio de los papás a buscarme. Pero fue algo imprevisto. Tuve una horrible pesadilla y me desperté gritando. Soñé... que mamá... se nos iba... para... SIEMPRE. No quiero recordarlo.

Mientras los demás desayunan y se visten, Buela va a misa. Natacha decía que Buela era una carca. Lo decía para fastidiar, porque Buela es demasiado comprensiva para ser carca. Va a misa para rezar por sus dos maridos, por todos nosotros y por los demás, aunque no los conozca. Dice que allí se siente feliz. La pura verdad es que Buela no necesitaría ir a misa para rezar, porque yo veo que reza a veces en casa, cuando me cree dormida. Un día, refiriéndose al *Credo*, comentó muy apurada:

—Esperamos la resurrección de los muertos, Veva, y este pensamiento es muy consolador, pero ¿cómo me las arreglaré yo con dos maridos? Los dos eran bastante celosos.

No supe cómo tranquilizarla y preferí cambiar de conversación. Le pregunté si alguna vez había visto a Dios, y me dijo que no, que nadie ha visto a Dios, pero que si en alguna ocasión había tenido dudas sobre su existencia, yo las había disipado. Me dejó boquiabierta. ¿Yo? ¿Yo? ¿Qué había hecho yo para que la Buela creyera totalmente en Dios? ¿Quién era Dios? La verdad es que aún no lo comprendo del todo. Ella me dijo:

—Dios es un padre.

—¿Y por qué no una madre, Buela? Las madres se ocupan más de sus pequeños que los padres. Yo creo que mamá es Dios.

Sonrió, enseñando unos dientes muy igualitos y blancos.

—Te comprendo, Veva. Y Dios también te comprende. Por el momento tu madre es Dios, pero si un día...

La pesadilla. El sueño horrible que no quiero recordar. Tampoco la Buela se atrevía a decirme la verdad. Me la dijo de forma velada, mintiendo un poco; así lo hacen los mayores.

—Dios es... SIEMPRE, Veva. ¿Comprendes?

—Sí —dije. Y me eché a llorar.

Buela me estrechó entre sus brazos. Quiso hacer ver que sonreía.

—Te he mentido al decir que no he visto a Dios. Te he mentido... a medias. El día que naciste, tan hermosa, tan llena de vida, vi la mano de Dios. Sólo la mano, pero no creas. Es mucho.

UN DÍA, CUANDO SEA VIEJA, ESTARÁ SOLA

HAY QUE AYUDAR UN POCO

¡El trabajo que da una casa! Mamá no para, y Buela, tampoco. Papá, cuando llega, escucha música, lee o mira la tele. Natacha no da golpe con la excusa de que está terminando el COU (tendría que decir «no daba golpe», porque las cosas han cambiado, pero ha sido todo tan repentino que aún estamos algo aturdidos). Alberto y Quique lo único que hacen es limpiarse los zapatos, eso sí, porque papá también lo hace y dice que es trabajo de hombres. Mamá —que trabaja como un hombre— hace la compra, la colada, la plancha y también su dormitorio. La Buela hace el resto: limpieza de la casa y la cocina. Los platos los lavan entre la Buela y mamá; es como si los otros fueran paralíticos.

Los sábados por la tarde, mamá hacía colada tras colada; ¡suerte de lavadora! Buela le había pedido mil veces que le enseñara a manejarla y mamá se lo había explicado otras tantas, pero la Buela no congenia con la mecánica. A mí me daba mucha rabia que Natacha no arrimara el hombro, y también que Buela no comprendiera un mecanismo tan fácil como el de la lavadora. De modo que presté mucha atención a los manejos de mamá, me fijé en los programas y tal día como un viernes le dije a la Buela:

—Vamos a hacer la colada. Empezaremos por la ropa blanca.

—Veva, no hagas disparates. Esa máquina es diabólica.

—No, Buela. Tú haz lo que yo te diga y verás. Luego tenderemos las ropas en las cuerdas que dan al patio, y mamá se llevará la gran sorpresa. Así podrá descansar los sábados por la tarde.

En cuanto se fueron todos de casa, me bajé del capacho —por cierto: me estaba quedando pequeño y no podía ni moverme— y le dije a Buela que prestara atención. Fue de maravilla. Por la noche, mamá no podía creer lo que veía.

—Pero mamá —riñó a la Buela—, ¿por qué has hecho esto?

—Hijita, la verdad, es sencillísimo. No tiene misterio. Di que, hasta ahora, no presté atención.

Lo malo fue que de tanto trajinare e ir de aquí para allá con las sábanas, las toallas y el resto, mis botitas de punto quedaron destrozadas. Ni la Buela ni yo nos dimos cuenta. Al tomarme en brazos para darme el pecho, mamá se quedó muy mosca.

—¿Qué ha ocurrido con Veva? —preguntó—. Tiene las botitas sucísimas y rotas.

—Se pasa el día pedaleando en el capacho —mintió Buela—. Creo que se le ha quedado pequeño. Es una niña muy robusta y, a su modo, hace ejercicio.

—¿Ejercicio? —repitió mamá—. Parece que haya hecho una carrera a pie.

—Estas prendas de fibra no valen un pito —suavizó la Buela—. Yo le tejeré unas de lana, y verás cómo le duran.

Buela me tejió unas botitas de lana y les cosió ade-

más una suela de ante sintético para reforzarlas, pero no se las enseñó a nadie. Me las ponía en cuanto nos quedábamos solas, limpiando la casa, las verduras o los canarios. Ella se encarga de quitarles las cacas, y yo les pongo el agua de los bebederos y del baño. Del alpiste y del mijo también me encargo yo. Y de la galleta. Y además me gusta meter la mano por la portezuela de la jaula y atrapar uno de los pajaritos para acariciarlo. Al principio se asustaron mucho. Ahora, ya no tanto. El macho es más fácil de atrapar que la hembra. Cuando lo tengo en la mano, todo él se convierte en un corazón. Tiene miedo. Poco a poco se calma, trata de picarme la mano y me amenaza con el pico abierto. Si tuviese dientes me los enseñaría. Incluso hace un ruido con la garganta, así como: «gee, gee», y una vez libre se atusa las plumas y está un buen rato componiéndose. Quique también lo atrapa, y mamá le regaña. Dice que cualquier día de éstos el canario se escapará y ella tendrá un gran disgusto. Cuando mamá no está en casa y, por casualidad, estamos Buela, Quique y yo, me entran tentaciones de hablar con mi hermano pequeño y explicárselo todo. Quique atrapa el canario, se me acerca y coge mi mano para que lo acaricie.

—Mira, Veva. Mira qué rico es.

Incluso lo acerca a mi mejilla para que me dé un beso, pero el pájaro intenta picarme y emite su «gee, gee», que debe de ser su mal genio. Quique es un sol; hace tiempo, con su paga, me compró un sonajero. Cinco campanitas de plástico que volaron por los aires en cuanto les di un porrazo contra la pared. No lo hice expresamente, pero como el capacho quedaba justo al lado de la pared, di un manotazo con tan mala fortuna que escacharré el sonajero a los dos minutos.

—Esta niña es muy bruta —dijo Quique riendo.

Aunque me llame bruta, yo sé que en él no hay malicia. Luego contará a sus amigos que soy tan fortachona que destrozo botitas y sonajeros. Sus amigos deben de estar hasta el coco de mis gracias. Y, además, no deben de creerlo, seguro.

Cuando vi las campanillas por el suelo me eché a

llorar, y Quique se apresuró a tomarme en brazos para consolarme.

—Una brutita, Veva. Eres una brutita. Una destrozona.

Y apretó su mejilla contra la mía y yo le di un beso con ruido, y Quique no se extrañó porque no sabía que los bebés no besan. Me lo devolvió, y yo, muy bajito, le dije:

—Quique, te adoro.

Quique me oyó, pero no quiso creerlo. Llamó, voceando, a Buela.

—¡Buela! ¡Buela! ¿A qué edad empiezan a hablar los niños?

Buela vino corriendo y se hizo la loca. Contestó que dependía, que unos hablaban antes y otros después, pero que ella, que pasaba todo el santo día conmigo, nunca me había oído hablar.

—Pues me ha dicho: «Quique, te adoro».

—A veces —dijo la Buela— uno cree oír lo que desea. La chiquilla te quiere, no hay más que ver lo contenta que se pone en cuanto la coges.

—Soy su padrino —comentó Quique más hueco que un pavo.

—¡Ya lo creo! Los niños tienen cosas muy raras, Quique. Lo mejor es no darles importancia.

—Me gustaría hablar con ella. ¡Caramba, si me gustaría!

Estuve a punto de decirle: «Háblame, Quique, por favor».

Pero al ver los ojos de la Buela, me callé. «Si le hablara a Quique —pensé—, Buela, tendría celos. Está deseando quedarse a solas conmigo para hablarme de sus dos maridos y de lo buena que es mamá.»

Buela habla bien de todos, ésa es la verdad. Cuando termina de elogiar a mamá, dice acto seguido:

—Y tu padre también es bueno, no creas. En el fondo, yo aquí soy un estorbo, y nunca se ha quejado.

—¿Y Alberto es bueno?

—Alberto también es bueno, Veva, y Quique es un ángel.

—Eso sí. ¿Y Natacha? —le pregunté.

Natacha hacía sufrir a la Buela. Apenas le dirigía la palabra y, cuando le decía algo, siempre era desagradable.

«Se te ha ido la mano con la sal, Buela —esto antes de haber probado la comida—. ¿Aún no me has cosido el tirante? Tendrás que cambiar la cremallera de mis tejanos, yo no tengo tiempo...»

—Hemos de rezar por Natacha —decía la Buela—, me da mucha pena.

—¿Pena esa mandona? A mí, ninguna. En tu lugar

no cosería sus cremalleras, ni sus tirantes, ni le arreglaría la habitación. Siempre hay que ir detrás de ella recogiendo cosas.

—Me da pena Natacha —decía la Buela—. Es egoísta. Un día, cuando sea vieja, estará sola.

—Bien merecido.

—¡Veva!

A la Buela no le gustaba nada esta clase de conversaciones. Refiriéndose a Natacha solía comentar:

—Quizá un día encuentre a un hombre bueno que la vuelva del revés como un calcetín.

—Mejor un hombre bravo que le dé un buen palo. Natacha no nos quiere, Buela.

ROBAR UN PÁJARO

No nos quería, ésa era la pura verdad. A veces se arrimaba a mi capacho para mirarme. Pero no con los ojos de los demás. Me hacía muecas. Se ponía los índices en las sienes, como si fueran cuernos, o bien me daba pellizcos para hacerme llorar. Y me decía que era fea, que me parecía a la Buela y que cuando fuera mayor nadie me querría. Yo callaba, limitándome a no llorar —era lo que pretendía— y aguantándome para no decirle: «Buela se casó dos veces, de modo que no me importa parecerme a ella. Veremos quién carga contigo, majadera».

Me compraron una cama de metal, con barrotes. Por un lado era más cómoda, por otro resultaba difícil salir de aquella especie de jaula. «Veré lo que puedo hacer», me dije. Descubrí que uno de los barrotes bailaba un poco; en cuanto tuviera un momento, trataría de sacarlo del todo, así podría deslizarme al suelo por el hueco. Por otra parte, podía asomarme a la baranda como a un balcón y mirar a los papás cuando duermen. Son mis dos pajaritos. Cuando pienso en ellos...
La Buela pone los canarios en la ventana cuando hace sol, que es casi siempre. La ventana da al jardín público por donde la Buela me pasea, y los canarios se ponen locos de contento porque oyen los píos de los pájaros en libertad. Pues bien, como la ventana es bastante baja, hace algún tiempo, mientras la Buela pelaba patatas en la cocina, oí que los canarios gritaban mucho. Como asustados. Llamé a Buela, pero no me oyó. Entonces hice un esfuerzo y conseguí arrancar el barrote de la cama. Me deslicé al suelo y fui corriendo a la ventana del cuarto de estar, que es la de los canarios, y vi un palo muy largo, rematado por un gancho, que intentaba prenderse

a los barrotes de la jaula. Fui corriendo a la cocina para avisar a la Buela que iban a robarnos los pájaros, y Buela se levantó de la silla como un cohete. Cuando llegamos al cuarto de estar, la jaula había desaparecido. Buela se asomó a la ventana y vio a dos gamberros que huían con la jaula. Les gritó, les dijo de todo, alertó a las gentes, pero la gente se limitó a mirarnos y a encogerse de hombros. Lloramos las dos, abrazadas, y la Buela dijo que robar un pájaro era un crimen, que seguramente los venderían en la Alameda por cuatro cuartos, para sus vicios. La Buela terminó de llorar, pero le quedaron los ojos escocidos. Yo no pude parar. Lloré toda la mañana, y cuando vinieron los demás, a la hora del almuerzo, seguía llorando. Buela contó lo de los canarios y dijo que yo lloraba por ellos, pero ni papá ni mamá la creyeron. Según ellos, yo era demasiado pequeña para darme cuenta de lo que representaba la pérdida de un canario. Total: yo debía de tener algo, y lo mejor era avisar al médico. Tenemos un vecino que es médico de niños y a quien por el momento yo no conocía, ya que nunca había estado enferma. El médico preguntó cuánto tiempo tenía, y mamá contestó que iba a cumplir tres meses. Mandó que me quitaran las bragas —mamá ya me quitó los pañales— y me tocó el vientre. Aquel tío tenía los dedos helados, y pegué un aullido de sorpresa. El médico meneó la cabeza y dijo que seguramente tenía gases, y volvió a hundirme los dedos en el vientre como si le gustara. Yo seguía llorando.

—Casi nunca llora —afirmaron mis padres.

Los dos parecían muy preocupados. Papá quizá más que mamá. Papá estaba realmente asustado y me tomó en brazos y me besó la cabeza diciéndome cosas muy bonitas, pero yo sufría por los canarios y no podía callar.

El médico extendió una receta y recomendó de nuevo que me hicieran eructar después de las comidas, que los gases eran muy dolorosos, pero que, por otra parte, me veía muy sana y muy desarrollada.

Mira que... Lo que me dolía de veras era el corazón. Se me puso como una piedra; apenas me dejaba respirar. Pero la única que me comprendió fue la Buela, porque con ella podía explicarme. Mamá afirmó que iría con más cuidado, porque, efectivamente, yo tragaba demasiado aprisa. Papá dijo que volvería a casa muy puntual aquella tarde y que telefonearía desde la oficina para ver cómo me encontraba. Que si seguía llorando, habría que pensar en algo distinto: llamaría a otro médico, o me llevarían a una clínica. Todo se reducía a hablar de mi vientre; de mi pena, ni una palabra. Cuando me quedé sola con la Buela, ella supo razonarme.

—No pueden comprender que es por los pájaros. Lo mejor es serenarte. Es tu primer dolor, vida mía. Tendrás otros.

—¿Y los pájaros, Buela? ¿Dónde están?

Buela no sabe mentir, pero lo intentó.

—Seguro que los ha comprado alguien bondadoso. Quizá los han vendido a una pajarería.

—Pero ellos nos querían. Nos conocían. Pertenecían a esta casa. A su modo, también estarán llorando.

Buela soltó más lágrimas.

—Robar un pájaro debe de ser un pecado horrible —dijo al fin.

Ni siquiera los paseos cotidianos consiguieron hacerme olvidar los canarios. Si no llueve, Buela se apresura en el trabajo de la casa y me saca a paseo; tenemos el jardín a dos pasos. En aquellos meses de frío, me abrigaba bien dentro del cochecito y dábamos vueltas y más vueltas alrededor del estanque de nenúfares. Había cientos de palomas en el jardín, bastante descaradas, por cierto. Los niños mayores les daban arvejas, y ellas iban a comerlas de sus manos sin ningún temor. Cuando alzaban el vuelo, lo hacían todas a una, y sólo se oía un furioso batir de alas: «Flap, flap, flap». Se marchaban de pronto, y luego volvían a pasearse y a comer lo que les daban. A mí me hubiera gustado que la Buela se sentara un rato e intentar encontrar un bebé como yo para charlar de nuestras cosas, pero quiá. Aún ahora, la Buela no quiere que hable, y por otra parte dice que ha de hacer ejercicio para que no se le mustien las piernas. En eso le doy la razón. Hay que ver lo ágil que está Buela para su edad. Va y viene por la casa ligera como una corza; por la calle parece que la persigan. Me gustan los columpios y el tobogán donde juegan los chicos mayores que ya tienen tres o cuatro años. Y también la pista de patinar. No debe de ser difícil deslizarse con patines, pero, claro, por el momento, es imposible. No hay patines a mi medida.

La Buela y yo siempre estamos juntas, parecemos siamesas. Sale de casa en contadas ocasiones: los domingos, para ir a misa; cuando alguna de sus amigas está enferma, o bien para asistir a algún funeral. Ni siquiera va al peluquero. Lleva el pelo recogido en lo alto de la cabeza, y ella misma se lo recorta cuando es necesario, y se lo arregla. Le gusta lavarse la cabeza a menudo, y yo, encaramada en un taburete, se lo aclaro. No tenemos tiempo de aburrirnos. La mañana se nos pasa en un vuelo, y lo mismo la tarde. Quique llega a las cinco y media. Alberto, a las siete (Natacha llegaba a las ocho), y poco después los papás. Mamá se sienta un momento —antes para darme el pecho, ahora para hacerme mimos y decirme cosas bonitas— y está pendiente de mí. Me gustaría hablar con ella, pero he de callarme porque siempre ha sido así: los niños no deben hablar. Bastante suerte he tenido con la Buela. La conversación de mamá no dura mucho rato, porque hay que preparar la cena, pero papá se ha acostumbrado a escuchar sus discos en mi compañía. Me acomodo en sus brazos, contra su grueso jersey de lana, y sin decirnos ni una palabra nos comprendemos. De vez en cuando me mira me hace un gesto de complicidad, y así hasta que llega la hora de acostarme.

Pasó el otoño y llegaron las Navidades. Mamá adornó la casa con acebo, abeto y muérdago, que dicen que trae suerte. Para todo lo que sean plantas y flores, mamá es algo especial. Tiene gracia en las manos. La Buela estaba contenta porque recibió cartas de los dos hijos que no viven en la ciudad. Le incluyeron también un talón, unas pesetillas que hicieron afirmar a la Buela que sus hijos eran buenos y generosos. La víspera de Navidad se llenó la casa de aromas muy ricos. Lamenté ser demasiado pequeña y no poder probar las suculencias que mamá y la Buela prepararon. Sin embargo, encontré la leche de mamá distinta, más rica que nunca. Fue un día feliz, lo mismo el de Año Nuevo. Lo único que eché de menos fue la compañía de los canarios. Se lo dije a Buela.

—¿Cómo habrán celebrado estas fiestas los pájaros, Buela? Aquí hubieran tenido algún extraordinario: una hoja de lechuga, un trozo de manzana, un huevo duro bien picadito. No consigo olvidarme de ellos.

Buela se hizo la desentendida. Estábamos en vísperas de Reyes y vi que cuchicheaba con mamá. No pude enterarme de lo que se decían hasta que mamá alzó la voz, como enfadada:

—No. No. Tenías ilusión por un abrigo nuevo. Dijiste que con los dos talones de mis hermanos te lo comprarías, ¿y ahora sales con ésas?

Me extrañó el tono de mamá. Era al tiempo autoritario y cariñoso.

—No hagas ese disparate, mamá —decía mi madre a la suya—. Te aseguro que Veva ya no se acuerda.

—Eso lo dices tú —contestó la Buela enfurruñada—. Voy a salir a buscarlos. Los he encargado por teléfono. Ocúpate de Veva un momento.

Buela se compuso. Se abrigó bien, porque el tiempo era de nieve, y mamá meneó la cabeza. Al despedirla en la puerta, aún pude oír:

—Eres más terca que una mula, mamá. Cuidado no resbales. Y coge un taxi.

La Buela tardó muchísimo en regresar. Llegó a casa cuando todos habían cenado y con una sonrisa de oreja a oreja.

Me cogió en brazos y me dio docenas de besos. Hacía días que no la veía tan contenta. Y mamá también sonreía de un modo especial.

A pesar de mis esfuerzos, sólo pude pescar una frase. Mamá preguntó algo en voz bajísima, y Buela contestó entre dientes: «La portera los guardará hasta mañana.» Seguramente era una sorpresa que preparaban las dos para papá, porque la Buela y mamá siempre se confabulan cuando se trata de papá.

SORPRESAS

El día de Reyes, por lo visto, todo el mundo madruga a pesar de ser fiesta. Papá y mamá saltaron de la cama y se pusieron las batas. Natacha, Alberto y Quique hicieron lo mismo. La Buela iba ya de punta en blanco, porque no le gusta que la vean desaseada. Dice que las jóvenes han de componerse para gustar, y las viejas, para no disgustar. Mientras mamá me daba el pecho (Natacha, Alberto y Quique le metían prisas, y ella contestaba que debía ir despacio por lo de los gases), mis hermanos se paseaban nerviosamente por el pasillo. Papá montaba guardia frente a la puerta del cuarto de estar, como si allí guardase un tesoro.

Yo, chupa que te chupa, estaba deseando terminar mi desayuno y ver lo que ocurría en casa. También mamá parecía algo impaciente, y cuando vio que soltaba el pecho no se hizo rogar. Se lo colocó en su sitio y me mantuvo bien tiesa. Hice un ruido espantoso, y mamá sonrió feliz.

—Ya estamos —gritó a los demás.

Papá abrió la puerta del cuarto de estar y dijo:
—Mamá la primera.

Como yo iba en brazos de mamá, fuimos las primeras en ver la sorpresa: una jaula idéntica a la que nos robaron, y dentro de ella, una pareja de canarios.

Pasé de los brazos de mamá a los de la Buela, quien dijo fingiendo gran sorpresa:

—¡Qué alegría! Los Reyes han encontrado a los pajaritos y te los han devuelto.

Me callé. La mentira de Buela me llenó los ojos de

lágrimas. Aquéllos no eran nuestros canarios. Los nuestros tenían un bonito color rojizo, y los nuevos tiran a verdosos. La Buela, que me conocía de sobras y adivinaba lo que estaba pensando, añadió:

—Tienen mal color, pobrecillos. O no les ha tocado el sol o no les han dado la galleta apropiada. Dentro de unas semanas se recobrarán.

Me ovillé en el resto de pechos que tiene la Buela y sonreí. Sus mentiras eran buenas. Luego miré a los pajaritos y manoteé. Uno de ellos cantó un poco.

—Han de acostumbrarse de nuevo —dijo mamá—. En cuanto se ambienten, cantarán como antes. ¡Qué listos han sido los Reyes! Pero ¡qué listos!

Entonces papá me tomó en brazos y repitió: «¡Qué listos son los Reyes! Fíjate, Veva, me han traído un billetero, el mío estaba indecente. Anda, ¡y un disco! Y a mamá le han dejado un bolso y un pañuelo de seda...». Alberto andaba como loco con un chaquetón de paño y una guitarra. Natacha se probaba un jersey y unos pantalones. Quique tenía un mecano y tres libros de cuentos, además de unas botas de fútbol. La Buela desplegó un chal esponjoso, color malva, y me enseñó también un frasco de colonia. Además de los canarios a mí me habían dejado una muñeca y un oso de peluche.

Agarré inmediatamente el oso.

Todos éramos felices, y los pájaros empezaron a cantar de tanta bulla como armábamos. Quizá fuera cierto lo del color de los pajaritos. Quizá los Reyes adivinaban y lo podían todo menos reavivar los colores.

Cuando me quedé a solas con la Buela, no pude aguantarme y le pregunté:

—¿Es verdad lo de los Reyes, Buela? No habrás sido tú la de los pájaros.

—¡Veva! ¡Qué herejías son ésas! Claro que es verdad lo de los Reyes. Y una bonita verdad, por si fuera poco. Pero mucho ojo. A los niños mal pensados, los Reyes no les dejan nada.

Me doy cuenta de que hablo más de la Buela que de mamá. Es normal. Mamá es la fiesta, el extraordinario; la Buela es lo corriente. Mamá es la sorpresa, la puerta que se abre, el postre del domingo. La Buela es los biberones, las cacas de los canarios, los paseos por el jardín. Mamá es la piel suave, los ojos con estrellitas, los labios tiernos. La Buela es las mejillas fofas, los labios arrugaditos, los ojos a través de los cristales. Papá es la voz pausada, el calor de un grueso jersey, el butacón de oír música. Natacha... Bueno, Natacha es muy guapa, de acuerdo, pero hasta hace poco no le encontraba ninguna gracia. La Buela insistía en que debía quererla, pero eso del querer o no querer, creo yo, es algo así como la electricidad. Entre Natacha y yo no había corriente. Alberto es distinto. A medida que me hago mayor, se interesa por mí. A veces dice:

—La chiquita será atractiva. Tendrá un algo. Y, desde luego, es lista. Las hermanas pequeñas de mis amigos se caen de tontas.

Confieso que soy muy sensible a los halagos. Quique siempre ha sido generoso en este aspecto. Quique siempre me ha dado conversación, y sin esperar respuesta. Me habla de Paola, de mamá, de la Buela y de lo mucho que le gusta el fútbol. Me dice que en cuanto sea mayor me llevará a ver un partido. Él es del Barça y me está mentalizando.

—Tú tienes que ser del Barça, como yo y como la Buela.

Aquel día no pude aguantarme. Olvidé que Buela me tenía prohibido hablar, para no asustar a los mayores, y pregunté sorprendida a Quique:

—¿De veras que la Buela es del Barça?

—Claro. El Barça, en la época de la Buela, se llevaba todas las copas.

Y de pronto se quedó callado. Me miró como si viera un fantasma y tragó saliva.

—¡Pero si está hablando! —dijo al fin. Y llamó a gritos a la Buela.

—¡Buela! ¡Buela! Veva habla.

La Buela vino corriendo. Nos miró a los dos severamente.

—Veva no habla —le dijo a Quique—. Lo que ocurre es que tú oyes lo que deseas escuchar.

—Déjate de cuentos, Buela. Me acaba de preguntar si de veras eres del Barça.

La Buela se tapó la boca con la mano y suspiró:

—¡Santo Dios!

Yo me encogí de hombros y traté de consolarla.

—Ya no tiene remedio, Buela. Lo mejor será decírselo todo con una condición.

—Acepto. Acepto —contestó Quique entusiasmado—. ¿Qué ocurre?

—Pues eso. Que hablo... y otras cosas. Pero no hay que decirlo a los otros. Para empezar, no te creerían, y además se asustarían mucho.

—Eso sí. Me he llevado un susto morrocotudo.

—¿Lo ves? Y eso que tú eres todavía un niño. ¿Podrás guardar el secreto, Quique? —le pregunté dudosa.

—Lo juro.

A partir del día aquel tuve serias conversaciones con mi hermano Quique. Empecé diciéndole que me había confiado a la Buela antes que a nadie porque la veía trajinar todo el santo día y mi conversación la compensaba. Que él y Alberto eran unos descuidados y bien podrían hacerse la cama y ordenar sus ropas dentro del armario en lugar de dejar el dormitorio como un campo de batalla. Que si todos poníamos nuestro granito de arena, la Buela no andaría mañana y tarde como un mono loco, arriba y abajo. Que eso de confiar todo el trabajo a mamá y a la Buela, como si ellos fuesen paralíticos, era una actitud machista, por completo desfasada. Quique me escuchaba con ojos desorbitados, pero asentía con la cabeza y prometió que las cosas iban a cambiar. Luego me besó muy fuerte, y también besó a la Buela. Hizo más: pidió perdón a la Buela por su ignorancia, por su egoísmo. La Buela le disculpó:

—Quita, quita, no le hagas caso. ¡Qué me importa a mí hacer las camas que sea y recoger lo que haya que recoger! Así me conservo ágil.

No sé qué le diría Quique a Alberto, pero lo cierto es que al día siguiente, cuando los chicos salieron del dormitorio, las camas estaban hechas y la habitación ordenada. Natacha no se dio por aludida; ni se hizo la cama ni recogió nada. Mamá insinuó que tomara ejemplo de los chicos, pero ella se hizo la desentendida. Es más, cuando mamá comentó que la Buela trajinaba demasiado para su edad, contestó que así se distraía un poco, que moverse era bueno para los viejos y que, por otra parte, ella tenía demasiadas cosas que hacer. Papá, por primera vez desde que vine al mundo, le hizo una observación:

—Un día te casarás, Natacha. Estoy viendo que tu marido te devolverá a casa al cabo de una semana si continúas tan inútil.

Natacha no le hizo el menor caso, y papá se calló.

EL SECRETO DE LA BUELA

La gran pasión de papá, además de la música, es el fútbol. Cuando dan fútbol por la tele, a las ocho de la tarde de los domingos, se vuelve loco. Grita como si estuviera en el campo: «¡Muy bueno! ¡MUY BUENO! ¡GOL! ¡GOL! ¡Tarjeta! ¡TARJETA! ¡OOOH! ¡Penalty! ¡GOL! ¡GOL! ¡GOL! ¡OOOH!». Mamá dice que le va a dar algo, que no se lo tome así y que está destrozando el sillón. Papá es del Sporting de Gijón, claro. Mamá, que no entiende ni torta, pero de todos modos quiere participar en todo para crear ambiente, es del Atlético de Madrid. Alberto es de la Real Sociedad, para estar en condiciones de discutir deportivamente con papá y mamá. Natacha dice que el fútbol es el opio del pueblo, una idiotez. Quique es del Barça porque su mejor amigo es catalán. La Buela también lo es porque siempre está con el más pequeño de la casa —sin contarme a mí— y porque hay un jugador que tiene un parecido con su primer difunto esposo.

Papá, que no es muy hablador ni muy gritón, por fortuna, pierde la calma cuando hay partido. Él jugó en su época de estudiante y tiene las piernas muy recias. Es divertido verle y oírle. Se hace servir la cena en una bandeja para no perder detalle. Que a nadie se le ocurra pasar entre la tele y el sillón: se pone frenético. Cuando ganan el Atlético de Madrid, la Real Sociedad o el Fútbol Club Barcelona (el Barça, como dice Quique), pone cara larga. Y no consiente que los demás estén contentos. Entre Alberto, Quique y él se arma un zipizape de miedo, hasta que mamá dice que basta de gritos porque es hora de que yo duerma. Un día dejó de darme el pecho; se acabaron los festines. Me dieron otras cosas que no estaban mal, pero aquellos minutos que yo prolongaba a propósito, en los que mamá y yo permanecíamos unidas, se terminaron. Me volvía mayor, y la Buela me enseñó a tragar con cuchara. Hay que pasar por tantas cosas...

A las pocas semanas de Reyes ocurrió algo muy curioso. Estábamos la Buela y yo en casa y llamaron a la puerta. La Buela, que se encontraba en el cuarto de baño, salió escopeteada. Nunca abre la puerta sin preguntar «¿Quién es?», porque no están los tiempos como para confiarse. Yo la seguí y la vi muy rara: con la boca sumida, sin labios. Y cuando preguntó: «¿Quién es?», le salió un acento muy chusco, andaluz o así: «¿Quién ez?». Era el de los contadores de electricidad, y la Buela le hizo pasar. Como pregunta a todo el mundo por la familia y la salud, siguió hablando de aquel modo tan especial: «¿Eztán bien zuz hijoz? ¿Ze le pazó el reúma a zu ezpoza? Adiós. Hazta máz ver».

Yo me fui corriendo al cuarto de baño porque me moría de risa, pero valiente susto me pegué. En un vaso de cristal vi una barbaridad de dientes. Todos los que pueda tener una boca, alineaditos en sus correspondientes encías.

«¡Ah, vaya! Ahora comprendo —me dije—. La Buela lleva dentadura postiza. Un gran invento. Si yo tuviese dientes y muelas —pensé— podría comer cosas más

apetecibles que sopas y papillas.» Me encaramé sobre el taburete del cuarto de baño, abrí bien la boca y me puse la dentadura aquella. Me iba enorme. En aquel momento entró la Buela e intenté sonreírle. Casi le da un telele. Se quedó atónita y luego se acercó a mí, despacio, temblorosa.

—No te muevaz, mi vida. No hablez. No me rompaz la dentadura porque zería cataztrófico. Eztoz dientez cueztan un riñón.

Me los sacó de la boca con gran delicadeza y me pidió que saliera del cuarto de baño, porque eso de ponerse y quitarse los dientes se hacía en la intimidad, y lo mismo limpiar aquellas piezas de porcelana.

Salí para no ponerla más nerviosa de lo que ya estaba y me dio por pensar. La Buela y yo corríamos parejas; las dos desdentadas. Nunca lo hubiera creído. Pero ella tenía la ventaja de llevarlos postizos y podía comer de todo. Al cabo del rato me confesó que ser viejo era una gaita; que guapa, lo que se dice guapa, nunca lo había sido, pero que su dentadura llamaba la atención.

—De tan blancos, de tan bien puestos, parecían postizos. Ahora los postizos parecen míos.

Se me antojó que la Buela estaba un poco triste por el hecho de que yo hubiera descubierto su secreto, y para animarla le aseguré que aquello me parecía un gran invento, debía de ser muy práctico poder cepillarlos en la mano en lugar de hacerlo en la boca, y que, por otro lado, estaba muy graciosa hablando andaluz.

—Calla. Calla, loca —contestó sonriendo—. No sé por qué los dientes no son como el pelo o las uñas. Tendrían que ir creciendo. Pero no, señor: cuando salen nos hacen sufrir, y cuando nos los tienen que arrancar por viejos, nos martirizan de nuevo.

—¿Cuándo empiezan a salir los dientes, Buela?

—No recuerdo. Hacia los seis meses o así.

Acababa de cumplir los cuatro, y esto me consoló: me quedaban dos todavía. Pero quiá. Como a los tres días de aquello noté una especie de rabia en la encía superior. Me dolía, ¡vaya si me dolía! Hasta que no pude aguantarme y lloré con ganas; rabiaba de dolor. De nuevo vino el vecino médico, y otra vez me plantó las manos en el vientre. Como un sorbete las tenía. Allí estaban mi madre, mi padre y la Buela, todos pendientes de la sabiduría de aquel hombre que se empeñaba en amasar mi vientre. Luego se puso un aparato en los oídos y me auscultó, primero la espalda y luego el pecho. También se las traía el artilugio aquel. También estaba frío, ¡canastos! Total, para decir que no encontraba nada anormal, que estaba fuerte como un toro y que quizá eran gases. Tenía lo de los gases entre ceja y ceja. Mamá, mosqueada, preguntó:

—¿No podrían ser los dientes, doctor?

—¿Cuánto tiempo tiene la niña?

—Cuatro meses y un pico.

—Señora, cuatro meses son muy pocos.

Lo dijo en tono de suficiencia, como queriendo decir: «Señora. Su hija no es excepcional. Es una niña corriente, más bien robusta, pero de ahí a echar los dientes a los cuatro meses...».

Y para dejar bien sentado lo que acababa de decir, metió su índice en mi boca. Yo cerré mis encías furiosamente, apresando el dedo indiscreto. El hombre tuvo un sobresalto, retiró el dedo y, ya metido en razón, dijo:

—Veamos.

Quieras que no, tuve que abrir la boca. Inspeccionó

el interior con una lámpara de pilas y finalmente me miró a los ojos. Yo sostuve su mirada.

—En efecto, señora —farfulló—. Son los dientes. Están apuntando.

Y extendió la receta de un jarabe que debía de calmar mi desazón.

PASITO A PASO

Los paseos a la hora del sol me gustaban y me siguen gustando muchísimo. Buela se da prisa para dejar la casa limpia y ordenada, prepara las verduras o la sopa y, después de bañarme y darme la papilla, me mete en el carrito y vamos al jardín. Me gusta fijarme en la gente, y cuando pasamos al lado de algún chiquillo digo adiós. Algunos, no todos, me contestan. Nos sonreímos. Ellos quisieran pasear conmigo y yo quisiera quedarme un rato con ellos. Buela consulta el relojito que lleva pendiente de una cadena al cuello, ve si hay tiempo de dar otra vuelta, o bien es hora de volver a casa, poner la mesa y terminar de preparar la comida. Papá y mamá sólo tienen una hora para comer e irse de nuevo. Alberto y Quique almuerzan en el colegio; Natacha también lo hacía. Después de comer, mientras duermo la siesta, Buela recoge la mesa y lava los platos. Los de la noche los lava mamá y la Buela la ayuda a secarlos. El aire del jardín me da mucho sueño, y Buela aprovecha para ver la tele mientras teje jerséis para unos y otros. En cuanto me despierto, charlamos. Ella cose o bien pone orden en sus cosas. Tiene una caja con hilos de todos los colores; no sé por qué tiene tanto hilo. Y otra llena de botones. Algunos muy bonitos. Me deja jugar con ellos a condición de que no me los meta en la boca.

—Mira, éstos son del chaleco de mi abuelo —dice enseñándome unos de nácar ribeteados de oro que no es oro—. Fíjate qué cosas se hacían antes.

Luego abre uno de los cajones de la mesilla de noche y se lía a arreglar un montón de papelotes. Los relee, guarda los que todavía sirven y rasga los otros. Hace algún tiempo hizo limpieza del cajón y vi que echaba a la papelera cantidad de folletos.

—¿Qué es eso? —pregunté.

—Nada, nada —dijo quitándole importancia al asunto—. Ahora ya no sirven.

—Dime qué son esos papeles, Buela —pedí con voz seria—. Enséñamelos.

La Buela me dio cinco o seis.

—Son folletos de residencias para ancianos —dijo la Buela—. En la portada se ve el edificio, y en el interior verás fotos de los dormitorios, no muy lujosos, pero decentes.

—Y ¿a santo de qué guardabas estos folletos?

—Por nada —dijo la Buela—. Por nada.

—Buela, no mientas. Tú no guardas las cosas así como así.

Pensó un momento antes de contestarme y al fin se decidió:

—Verás. Cuando hube de retirarme a esta habitación, me di cuenta de que quizá era un estorbo en la casa. Quique había cumplido once años. Yo no hacía falta. Podía vivir en la residencia y venir a esta casa alguna tarde, para echar una mano a tu mamá.

—¿Pensabas irte a una casa de viejos, Buela?

—¿Por qué no? Si los demás tenían más espacio, estaban más cómodos sin mí, ¿qué falta hacía?

—Mamá no te hubiera dejado —aseguré convencida.

—Yo también tengo derecho a elegir, Veva. Tu madre me respeta. Habría aceptado mis razones. Los viejos no deben interferirse en la vida de los jóvenes. El casado casa quiere.

—Buela, no hables con sentencias. Me pones nerviosa.

—La cuestión es que iba a irme de aquí precisamente cuando tu madre se dio cuenta de que iba a tener otro hijo. La verdad: fue una sorpresa. Entonces me pidió, por favor, que me quedara, que sin mí, ¿cómo iba a arreglárselas? Y yo me quedé la mar de contenta porque me necesitaban. Aquel día vi la mano de Dios.

—¿Cómo es?

—Como el aire. En realidad no se ve, pero se nota. Sí, como el soplo de aire que mece las hojas de los árboles o riza la piel del mar. De pronto sentí en mí una ráfaga de alegría y supe que la mano de Dios se asentaba en mi vida.

—¿Por eso me llamaste «¡Vida mía!» en cuanto me tomaste en brazos?

—Claro. Sólo estamos vivos si somos necesarios, ¿comprendes?

Agarré los folletos y los destrocé en un santiamén.

—Que no te oiga hablar más del asunto —dije a la Buela—. Yo te necesito y te necesitaré siempre. Cuando me case, vendrás conmigo y hablarás con mis niños.

—Cuando tú te cases, Veva...

—Cállate, Buela.

Parecía de pronto muy triste, también yo lo estaba, de modo que nos callamos. Al cabo del rato la Buela dijo que encontraba a Natacha distinta y que rezaba mucho por ella. Por fortuna llegó Quique y antes de ponerse a estudiar jugamos a la batalla naval. Dejamos ganar a la Buela para que se animara un poco.

Los dientes me salieron al fin, pero aquello no fue más que un principio, porque en cuanto asoman unos empiezan a doler los otros, los que aún están escondidos en las encías. Natacha afirmó que yo sería dentona, que mis dos incisivos superiores eran enormes y parecía un conejo. Esto cuando estábamos solas, porque delante de los demás no se atrevía a insultarme. Papá andaba como loco con mis dientes, y mamá me hacía abrir la boca en cuanto se encontraba con algún conocido en la calle. Cuando vamos de compras por el barrio mamá y yo, es de risa. Todos quieren a mamá: el carnicero, la panadera, el tendero, hasta la portera. Lo del pis no se lo creyeron porque no lo veían, pero mis dientes sí, se veían. Para dar gusto a mamá, yo abría la boca para que los vieran mejor.

—A los cuatro meses y catorce días le salieron los

primeros —decía mi madre a quien quisiera oírla; y las gentes decían: «¡Oh! ¡Ah!», y otras cosas por el estilo. Empezaron a creer todo lo demás porque la gente es así, sólo cree lo que ve.

Me pasé dos meses y pico rabiando de lo lindo y echando baba. Empapaba un babero tras otro, y Natacha no paraba de decir: «¡Qué asco! ¡Parece un caracol!». En cambio, papá, apenas llegar a casa, se lavaba las manos y me untaba las encías con el jarabe de aliviar el dolor. Era bastante bueno. Sin embargo, lo que me calmaba de ve-

ras era el sentirme comprendida. Papá, después de darme con aquel jarabe, me tomaba en sus brazos y escuchábamos música. Allí, repantigados los dos en el sillón, se me pasaban las penas.

—La estás malcriando —decía mamá—. No querrá quedarse en la cama. Por cierto: ¡vaya porquería de cama! Se sale un barrote. Tendremos que hacerlo soldar.

Menos mal que con tantas cosas como mamá tiene en la cabeza se olvidó del dichoso barrote.

Pregunté a la Buela a qué edad podían empezar a andar los niños y me contestó que dependía. Que a ella le ocurrió lo que a mí y, para no asustar a sus papás, se aguantó hasta los ocho meses, pero que a partir de los seis iba de un sillón a otro y nadie se asustó. ¡Cuánta comedia! Me compraron un parque porque mamá dijo que me ponía perdida de tanto gatear. ¡Un parque! De todos modos fue un gran alivio. Hacía ver que me costaba mucho, me ponía en pie y daba la vuelta, ¡qué risa!, agarrada a la barandilla. Pasito a paso. Un buen día me bajé de las rodillas de papá y me fui de un sillón a una silla.

—¡Natalia! ¡Natalia! —gritó papá a mamá.

Y mamá vino volando.

—¿Qué pasa, hijo? —Mamá a veces se equivoca y

llama «hijo» a su marido—. ¡Menudo susto me has pegado!

—Calma. Un momento. ¿A qué edad empiezan a andar los chiquillos?

—Depende. La Buela dice que ella, a los ocho meses, andaba como tú y yo ahora. Y que a partir de los seis iba de una silla a otra. Pero ya se sabe: siempre se exagera un poco.

—Pues... sin exagerar, ahí la tienes.

Me señalaba. Yo, para no hacer quedar mal a papá, me dirigí, expresamente temblona, a otra silla.

—¡Vaya, vaya! —dijo mamá. Y añadió—: Yo fui muy torpe. Hasta los catorce meses no me solté. Y Natacha lo mismo.

Natacha, que acababa de llegar en aquel momento, dijo rabiosa:

—Naturalmente. Yo fui una niña normal. No como este monstruo.

Papá se levantó del sillón. Creí que iba a dar un guantazo a Natacha, pero no lo hizo. Papá nunca pega a nadie. Se limitó a decir:

—Desde que ha nacido la pequeña eres insoportable.

Estás celosa. No puedes negar que Veva es muy espabilada. Tiene seis meses y va de una silla a otra. A los ocho no habrá quien la siga.

—Y se le torcerán las piernas —pronosticó Natacha, que las tiene muy largas y bonitas.

—Es verdad —dijo mamá preocupada—. No tendríamos que dejarla andar. Es demasiado pequeña.

—¿No dices que tu madre hizo lo mismo? No veo que tenga las piernas torcidas.

—No. No las tiene.

—Porque las tiene cortas —apuntó Natacha—. Como Veva. Los paticortos andan más pronto.

Cuando Natacha salió del cuarto de estar, papá dijo a mamá:

—Me preocupa Natacha. ¿Tendrá celos? La veo muy rara estos últimos tiempos.

NIÑOS, JÓVENES Y VIEJOS

Entramos en primavera y el jardín por donde Buela y yo paseamos se puso precioso. Las palomas se multiplicaron, los árboles se llenaron de hojas, las plantas de flores, y el aire de pájaros. Iban y venían, se posaban sobre las grandes hojas de los nenúfares y bebían a sorbitos. El jardín también se llenó de niños nuevos, los que no sacan en invierno por miedo a que se resfríen y los otros, los recién nacidos. Conocí a un chico mayor, de dos años o así, que también va al parque con su abuela. La tal abuela no se parece a la mía; no le gusta pasear. Se sienta en uno de los bancos y pega la hebra con quien tiene al lado. Su nieto, mi amigo, se llama Javi. No le dejan deslizarse por el tobogán, ni divertirse en los columpios ni en el balancín. Nos hicimos amigos por casualidad, porque a Buela le entró arenilla en el zapato y tuvo que sentarse un momento, para descalzarse. En aquel instante la otra vieja empezó a largarle el rollo: que vivía en casa del hijo, que su nuera era así y asá —cosas poco amables—, que Javi era un niño insoportable, muy mal educado, que si ella lo sacaba a pasear era para huir unos momentos de aquella casa donde nadie le prestaba atención, y que no quería que Javi jugara con otros niños porque se ponía perdido de tierra. Buela le pidió que nos dejase a Javi para dar una vuelta por el jardín y la otra abuela dijo que bueno, que ella no podía pasear porque estaba muy cansada. Javi, la mar de contento, marchaba al lado de mi cochecito y yo le pregunté si su abuela era tan vieja como para no poder pasear un rato. Me dijo que, por favor, no la llamara vieja, que se enfadaba mucho. Que al hablar de ella debían decir que era «mayor» y que no tenía motivo alguno para estar cansada. No hacía absolutamente nada en casa. Nada más que tumbarse en cama o pasear su trasero de un sillón a otro; por lo mismo lo tenía tan grande. «Le empieza en la nuca y le termina en las corvas», afirmó Javi muy serio. Buela, que nos escuchaba, se rió mucho, aunque nos hizo callar. Dijo que esas novelerías de «persona mayor» o «tercera edad» eran una bobada. Que decir «viejo», era igual que decir «niño» o «joven». Javi no puede llamar Buela a su abuela. Tiene que llamarla mamá Dolores, para no ofenderla. Nos contó que, una vez al año, mamá Dolores salía en grupo. Una empresa dedicada a distraer a las gentes de «la tercera edad» organizaba viajes a precios

muy asequibles. Viejos y viejas zarandeaban de acá para allá un par de semanas, regresaban a sus respectivos hogares molidos y debían guardar cama ocho días para reponerse.

—Tendrían que regalar viajes a la gente joven —comentó Buela—. Los viejos no estamos para trotes. Pero tú —dijo a Javi— no debes criticar a tu mamá Dolores porque, poco o mucho, se ocupa de ti y te trae al jardín.

—Pero me hace estar quieto a su lado y no me dirige la palabra. Se pone a hablar con el primero que se sienta a su lado y le suelta el rollo. Una sarta de mentiras que me sé de memoria.

Buela desvió la conversación y nos pusimos a hablar de los pájaros que van a beber en el estanque. Las pajaritas se quedaban en sus nidos, empollando los huevos. El macho salía y regresaba al nido con insectos y semillas que daba a su compañera. Si la pájara salía del nido para beber, el pájaro empollaba. Nuestra pareja de canarios hacía lo mismo. La canaria hizo el nido, puso los huevos y allí aguantó las horas muertas. Sólo se permitía comer y beber y, entonces, el canario se acuclillaba sobre los huevos. Un buen día las crías salieron del cascarón.

Veo a Javi diariamente y nos lo contamos todo. Su abuela parece encantada de que la mía lo pasee y lo entretenga mientras ella se enrolla con la vecina de banco.

—¡Menuda suerte tienes con tu Buela! —me dijo Javi no hace mucho—. La mía, un día que se enfadó con los papás...

Buela le cortó.

—Has de ser cariñoso con ella. Los niños y los viejos siempre se han entendido bien.

—Con ella nadie se entiende —contestó Javi, que es muy sincero—. Sólo mamá la soporta... porque es un ángel.

Mamá también es un ángel, en eso estamos todos de acuerdo. Cuando empecé a comer casi de todo, la oí quejarse a la Buela del precio de las cosas.

—Este lenguado que he comprado para Veva, mamá, me ha costado...

Por lo visto, un dineral, de modo que hice ver que no me gustaba y dejé más de la mitad.

—Esta niña es muy simple —comentó mamá al cabo de unos días—. Prefiere un plato de pasta o de legumbres a los manjares finos. En el fondo es una suerte.

Y papá se pone la mar de contento cuando me ve terminar un platazo de macarrones o de lentejas.

—La verdad: Veva no es un problema. Es el caso de decir que donde comen cuatro comen cinco.

—Con lo que nos hizo sufrir Natacha —recuerda a veces mamá—. No había modo de hacerla comer. ¡Qué criatura remilgada!

Por el momento me callo. Claro que me gustan el lenguado y el filete, pero si son tan caros...

Lo que sí me apetecía era empezar a hablar con todos, cosas fáciles, para no asustarlos. Todos los niños empezamos por pppa-pá, no sé por qué, y luego seguimos con mmma-má. «Cualquier día de éstos —pensé— aprovecharé la menor oportunidad.»

La primavera también mejoró a Natacha. Parecía otra. Pidió a Buela que le cogiera el bajo de los tejanos —que era un puro fleco— y le dio las gracias. Cuando nos quedamos solas, la Buela comentó:

—A esta niña le ocurre algo.

MAMÁ ES UN ÁNGEL

Hace cosa de dos meses, la Buela me dio un susto horrible. Estábamos limpiando la jaula de los canarios —las crías eran feísimas, sin una pluma, igual que lombrices— y vi que se ponía pálida, muy pálida. La frente se le inundó de sudor, empezó a tambalearse y dijo que le tiraban las venas de los brazos. Yo la agarré de la falda y casi arrastrándonos conseguimos llegar a su dormitorio. Allí se tumbó en la cama y me dijo con un soplo de voz:

—Estoy muy mala, Veva, pero no te asustes.

Me puse a llorar, le di mil besos, pero nada. Entonces me acordé del vecino médico y dije a la Buela:

—Voy a llamar al médico. ¿Sabes su teléfono?

Buela me pidió el listín que tenemos con las direcciones importantes y me señaló un número. Marqué, se puso él mismo, y me preguntó quién era.

—Soy Veva —contesté—. La pequeña del tercero segunda. Venga en seguida, que la Buela está mal. Muriéndose —añadí para que se diera prisa.

—¿Que eres la pequeña? ¿La que ahora tiene seis o siete meses?

—Eso. Pero no perdamos tiempo. Venga volando, doctor.

Me subí a una silla y abrí la puerta de la entrada para que no tuviera que esperar. Al cabo de unos segundos llegó a casa y se quedó mirándome como quien ve un fantasma.

—No me mire así, doctor, que yo no tengo nada. Venga, rápido.

Y corrí al dormitorio de la Buela con el médico pegado a mis talones. La cara del buen hombre era un poema.

Miró a la Buela, la auscultó y luego, como si fuera lo más natural del mundo, me pidió un vaso de agua.

Lo malo es ser tan bajita. He de andar encaramada a las sillas cuando me piden cosas que sólo están al alcance de los mayores. Pero como estoy acostumbrada, en un abrir y cerrar de ojos estuve de nuevo en el dormitorio con el vaso. El médico dio un comprimido a la Buela y un sorbo de agua. Luego le puso una inyección y le palmoteó la mano. Muy cariñoso el hombre. Un poco de color volvió a las mejillas de la Buela, le pasé un pañuelo por la frente para enjugarle el sudor, y el médico se sentó a los pies de la cama. Sólo entonces se volvió a mí y me preguntó muy interesado:

—Entonces hablas, andas, eres capaz de llamar por teléfono y hasta de atender a tu abuela. ¿Lo saben tus padres?

—No, doctor —contesté—. Y le pido, por lo que más quiera, que no lo diga a nadie. Para empezar, no le creerían. Segundo: se asustarían mucho. Las personas mayores no están preparadas para según qué cosas.

El buen hombre se agarró la barbilla con una de sus manos. Con la otra tomó la de la Buela.

—Señora —le dijo—, esto es increíble. Pero he de aceptarlo. Confieso que es difícil, pero a menos de que esto sea un sueño...

Buela, algo más animadilla, contestó con voz flaca:

—No está soñando, doctor. Veva habla desde que nació, y desde entonces anda y razona como muchas personas mayores quisieran hacerlo. Sin embargo, es mejor guardar el secreto, créame. Como dice la niña, perdería usted su buena reputación.

El médico asintió con la cabeza. Luego se quedó mirándome como quien acaba de descubrir algo fantástico. Finalmente se echó a reír, me tomó en brazos, me sentó en sus rodillas y me llamó «granuja».

—¿Se pondrá buena la Buela? —le pregunté.

—Se pondrá buena. Pero no tienes que cansarla demasiado. Es muy mayor.

—Puede usted llamarla «vieja» —corregí—. A ella no le importa.

—Muy vieja, sí señor.

—Veva no me cansa —interrumpió Buela—. Me ayuda en lo que puede. Y me distrae. No puede usted saber cuánto me distrae...

—Lo supongo.

—Vuelva esta noche, doctor —pidió la Buela—. Diré a mis hijos que le llamé antes de encontrarme mal del todo. De este modo Veva y yo podremos guardar nuestro secreto.

—Descuide, así lo haré.

Le acompañé a la puerta de entrada, como hace mamá cuando viene alguien de fuera, y le pregunté en voz baja:
—¿Está muy mala la Buela?
—Es un aviso.
Aquello me sonó muy mal y me eché a llorar. Entonces él me aupó, me dio un beso y trató de consolarme.
—Tu abuela se repondrá. Vigila que no trabaje demasiado. Es una vieja fuerte tu abuela.
—¿No se morirá? La necesitamos mucho.
—Entonces no se morirá —dijo muy serio.
Y me depositó de nuevo en el suelo, mirándome muy fijamente y moviendo la cabeza.
—Hasta la noche, doctor y...
—Descuida.

Por la noche estuvo hablando con los papás. Mamá lloró un poco, y Natacha entró en el dormitorio de la Buela y le dio un beso. Le dijo que como trajinara tanto iba a regañarla muchísimo. Mamá le llevó un poco de cena a la cama, y los dos chicos le hicieron un rato de compañía. Papá me acarició mucho y puso música, pero muy bajita, para no molestar. Después de cenar llevó a la Buela una campanilla de bronce que sirve de adorno en el comedor y la dejó encima de la mesilla de noche de la Buela.

—Cualquier cosa que necesites esta noche, Buela, tocas la campanilla. —También le dio un beso gordo.

Mamá me acostó y yo me propuse no dormir. En cuanto todos se hubieran acostado, pensaba levantarme e irme con la Buela, no fuera a darle otro patatús. Pero con tantas emociones debí de quedarme dormida ya que, de pronto, me desperté y el relojito luminoso que mamá tiene en la mesilla de noche marcaba las tres de la madrugada. Miré la cama de mis padres y sólo vi a papá. ¿Dónde estaba mamá? Bajé de la cama, por el agujero del barrote que faltaba, y de puntillas, para no hacer ruido, me fui al dormitorio de la Buela. Desde el vano de la puerta la vi dormida y a mamá, sentada en la única silla de la habitación, mirando a su madre. La misma mirada que tiene para mí todas las noches, cuando me cree dormida y yo la observo con los ojos entrecerrados, pues no quiero perdérmela. Un halo de luz rodeaba a mi madre. En la habitación oscura, mamá resplandecía justo lo necesario para que yo la viera. «Es un ángel» —me dije recordando las palabras de Javi—. Es el ángel del que siempre está hablando la Buela. Vigila para que nadie venga a llevársela. Y pensé qué era un hermoso secreto entre ellas dos, como la Buela y yo teníamos el nuestro. De modo que me retiré poquito a poco y volví a mi cama para dormir tranquila, pues nada malo podía sucedernos si mamá velaba.

Ocho días estuvo en cama la Buela, y mamá se quedó en casa para cuidarla. El médico venía diariamente y le agradecí que no dijera ni pío sobre lo que él, Buela, Quique y yo sabíamos. Dijo que la Buela se había recuperado, pero que no hiciera imprudencias. Que por otro lado le convenía un poco de ejercicio, dar un paseo cada día, por ejemplo.

Durante esos días no pude ver a mi amigo Javi y lo eché de menos. Sabe una barbaridad de cosas, Javi, y me cae bien. Quique le compró a la Buela unos caramelos de miel, y tanto él como Alberto me bajaron a la calle cada día, para que me diera el sol y conociera a sus amigos. Unos chicos mayores como ellos que no me hicieron ningún caso.

Cuando la Buela pudo levantarse, mamá volvió al trabajo. Desde entonces Natacha empezó a madrugar. Lo que antes hacía Buela, lo hacía ella. Y además se componía mucho. No era la de antes. Seguía sin prestarme atención, pero me daba igual. Con tal que no fuera una inútil ni tratara mal a la Buela, me consideraba satisfecha.

Un buen día, cuando papá me tomó en brazos para escuchar música, le llamé pppa-pá. El hombre llamó a mamá como si la casa ardiera, y mamá, como siempre, llegó corriendo.

—¡Ya dice papá! Veva me ha llamado papá.

—No gano para sustos —contestó mamá.

Dos días después la llamé mma-má y todos contentos.

EL SECRETO DE NATACHA

Buela y yo volvimos al jardín y allí encontramos a Javi, esperándonos. También él me echaba de menos.

En ciertos aspectos Javi es mi consejero. Deja a su mamá Dolores bien retrepada en un banco y nos acompaña a Buela y a mí en nuestro ir y venir. Debe de pasar muchas horas viendo la tele, porque sabe un buen rato de los programas.

—Yo casi no tengo tiempo de ver la tele —le dije hace algún tiempo.

Las películas de dibujos animados son las preferidas de Javi, a quien, en general, no le gustan los programas infantiles.

—Tienes razón, chico —dijo la Buela—. Yo me pregunto si esa gente (se refiere a los de televisión) han visto jamás un niño. O si lo han escuchado. O si han sido alguna vez niños. Son tan inteligentes los niños...

Lo dijo como olvidándose de que Javi y yo éramos dos niños, muy pequeños incluso. O tal vez la Buela, por dentro, sea como un niño y por lo mismo está cerca de nosotros.

Javi y yo coincidimos en muchos puntos, menos en uno: él cree que ser viejo es una gran desgracia, y yo pienso que no todos los viejos son desgraciados. La Buela siempre está contenta, y además reza para que los demás también lo estén. Reza para que a los de casa no nos ocurra nada malo y la oigo decir a Dios —supongo que es a Dios—: «Todo lo malo que tengas reservado a cualquiera de esta casa, cárgalo en mi cuenta». De modo que Buela debe de ser más rica de lo que aparenta, ya que carga con lo de todos. Pero a lo mejor me equivoco; la Buela no se aclara sobre la clase de males que pueden afligirnos.

—¿Qué clase de males, Buela? —le pregunto a veces.
—Miles y miles —contesta—. Y los peores son los que vienen de dentro.
No comprendo, la verdad. Le pregunto:
—¿Qué te gustaría ser, Buela?
—Un pararrayos.
—¡Que cosas dices!
—Un pararrayos para los males de fuera. Para los de dentro, que son peores, necesitamos a Dios.

Natacha no era la misma con la Buela, le estaba haciendo la rosca, sin duda alguna. Hoy le traía una flor, mañana un dulce. Había gato encerrado en aquellos mimos. La misma Buela parecía algo mosca, ya que los demás nos limitábamos a quererla, pero Natacha lo hacía con ostentación. Se lo dije a Quique, y mi hermano adoptó un aire entre reservón y pitoflero.
—Anda, cuenta, suéltalo de una vez —le pedí algo nerviosa—. Tú sabes algo.
Quique me tomó en sus brazos y bajito, para que Buela no nos oyera, me dijo:
—Natacha tiene un ligue.
—¡Toma castaña! ¡Claro!

—Pero ella no sabe que yo lo sé, de modo que chitón.
—¿Y cómo lo sabes?
—La he visto varias veces colgada del brazo de un tío.
—¿Guapo o feo?
—Un tío estupendo. Algo mayor, eso sí.
—¿Quieres decir que es un viejo?
—¿A santo de qué ha de ser viejo?
—Me hago un lío con lo de mayor y viejo.
—Quiero decir algo mayor para Natacha. Tiene un coche de narices.

Natacha, a pesar de su ligue, empollaba que era un gusto. Nunca fue mala estudiante —¡buenos se hubieran puesto los papás!—, pero en los últimos tiempos era

cosa de verla. Hasta ponía nerviosa a la Buela, quien al cabo de unas horas inquiría:

—¿Te apetece un café, Natacha?

—Sí, Buela. Eres un sol.

Y la Buela, si llega a ser perro, hubiese meneado la cola, porque Natacha fue su dolor. Yo no podía creer en tanta belleza y me decía que Natacha tramaba algo. «Está engatusando a Buela.» Pero quizá no. Quizá el

mal de dentro de Natacha iba sanando. Alberto, quien por cierto saca bastante partido de la guitarra, también apreció el cambio. A pesar de su despiste —casi siempre está en la luna— comentó el otro día:

—Te estás poniendo muy guapa, Natacha ¿Estás enamorada?

Lo soltó en la mesa, y papá alzó la cabeza del plato de tallarines que estábamos comiendo y reprendió a Alberto.

—No digas burradas, chico. Natacha es una niña.

Quique y yo nos miramos y nos sonreímos. Al ver que Natacha se había cortado, Quique le echó un capote.

—Siempre ha sido guapa Natacha. Lo que ocurre es que ahora se cuida más.

Papá miró a Natacha como si la viera después de un largo tiempo de separación.

—Pues es verdad. Oye, Natalia —dijo dirigiéndose a mamá—, tenemos una hija muy guapa.

Natacha parecía entre contenta y fastidiada.

—Sois unos memos —contestó en tono amable—. Y ya está bien. Cuando no me arreglaba, todo eran consejos y reproches. Ahora que trato de contentaros, me tomáis el pelo. No hay quien os comprenda.

El buen humor de Natacha se esparció por la casa. Los pajaritos se llenaron de plumas y aprendieron a volar. Son divertidísimos. Y hay que ver la sabiduría de los padres pájaros. Cuando consideran que sus crías están a punto de poder servirse de sus alas, los empujan suavemente fuera del nido. Parecen decirles:

—¡Hala! Decídete. Tienes un par de alas. A ver si llegas al barrote de enfrente.

Y con el pico azuzan a las crías. Son tres los pajaritos, y hacen ver que tienen miedo, lo mismo que yo cuando iba de una silla a otra para que los papás no se asustaran. Hacen ver que se caen y pegan un saltito. Y pían, y se esponjan. Cuando creen que los papás canarios están distraídos, revolotean por la jaula, beben sorbitos de agua y se atracan de mijo.

El buen humor de Natacha nos envolvía a todos. Debe de ser maravilloso estar enamorada. O no tan maravilloso. Porque Natacha lloraba a veces, y otras reía. Si sonaba el timbre del teléfono, corría como una loca para cogerlo antes que nadie y hablaba bajito, rato y rato, hasta que papá decía: «¡Basta! ¡Ya está bien!».

Una luz nueva temblaba en sus pupilas. Sus ojos fríos, tan azules, se volvieron cálidos. Incluso cuando me miraba a mí lo hacía con ternura no fingida.

El tiempo era hermosísimo, y me decidí a decir «papá

y mamá» sin tartamudear. Y otras muchas cosas. Lo tomaron bien, claro que extremé mis precauciones para no preocupar a los papás.

Por supuesto, nadie se extrañó de que empezara a corretear por la casa. Había precedentes.

NATACHA SE CASA

Hace unos días, cuando Buela le preguntó: «¿Quieres un cafetito, Natacha?», Natacha dijo: «Por favor, Buela». Y cuando Buela y yo fuimos a llevárselo, ella se levantó de la silla y dijo:

—Siéntate en el balancín, Buela. He de hablarte.

Buela me tomó en brazos. La sentí muy agitada. Su corazón iba como un loco, y pensé que a lo mejor le daba otro soponcio. Pero no. Se limitó a preguntar:

—Lo que vas a decirme, ¿puede escucharlo Veva?

—¡Buela! Veva sólo tiene nueve meses. Por muy lista que sea, no comprende todavía ciertas cosas.

Buela me estrechó contra ella.

—Nadie sabe lo que un niño es capaz de comprender —afirmó—. Pero dime.

Natacha tenía un bolígrafo en la mano y empezó a garabatear un papel.

—Buela, voy a casarme.

Ahí sí que... Buela se puso tan pálida que pensé que iba a quedarse tiesa.

—¿A casarte?

—Eso he dicho.

—¿Y por qué me lo dices a mí? ¿Por qué no a tus padres? Es lo procedente.

—Buela. No siempre he sido amable contigo; no sabría decir por qué. Pero siempre te consideré comprensiva. Los papás no estarán contentos con mi boda. Si tú te pones de mi lado...

A pesar del calor, las manos de Buela parecían de hielo. Me ponía nerviosa Natacha con sus tiquismiquis.

—Haré lo que pueda. ¿Tanta prisa corre... Natacha?

—Sí. Carlos se marcha a Guinea dentro de un mes. Y quiero ir con él.

—¿Es negro?

Natacha soltó una carcajada. Yo también me eché a reír. ¡Pobre Buela!

—No, Buela. Carlos es blanco. Pero cuando terminó la carrera de medicina, junto con dos compañeros, abrió una policlínica en Guinea. Allí ejerce. Viene a menudo a España, también viaja al extranjero, para perfeccionarse. Salgo con él hace tres meses y ahora vuelve allá. Antes, quiere casarse.

El pecho de la Buela se infló y luego volvió a desinflarse. Parecía aliviada.

—Así pues, Natacha, ¿cuál es el problema?

—El problema es que viviré lejos de aquí. Que conozco a los papás y sé que les hubiera gustado que me casara con alguien de esta ciudad. Así los domingos, y las fiestas de guardar, los hubiésemos celebrado juntos. El problema, el único problema —recalcó— es que me voy a África.

La Buela meditó unos segundos.

—Pero eso no es un crimen, Natacha. Los hijos se van.

—Díselo a mi padre. Se pondrá rabioso como un mono. Y, por si fuera poco, Carlos casi me dobla la edad.

—¿Cuántos años tiene?

—Treinta y cinco.

La Buela meditó de nuevo.

—No son tantos.

—Papá dirá que es un viejo.

—Estás hecha un lío, Natacha. Habla inmediatamente con tu padre.

—Pues ven conmigo, Buela.

—¡Diantres! ¿Por qué he de cargar con el mochuelo?

—No tienes que abrir la boca. Sólo estar. Me sentiré más segura.

No quería perderme la escena, de modo que me agarré a la mano de la Buela y fuimos, en procesión, al cuarto de estar. Papá, embelesado, escuchaba música. Volvió la cabeza y nos miró torvamente. Era como quitarle a un perro su hueso preferido. Mamá tejía un jersey para Alberto, sin atreverse a comentar lo que fuera. Aquella invasión puso en guardia a papá. Bajó el tono del tocadiscos y preguntó malhumorado.

—¿Sucede algo grave?

Natacha se inclinó y besó a papá en la mejilla.

—Nada grave papá, pero he de decirte algo importante.

—En estos momentos lo más importante es este disco.

—No, papá. Lo que he de decirte es más importante aún.

Papá desconectó.

—Escucho —dijo con un suspiro de impaciencia.

—Papá...

—Sí, ¡canastos! Desembucha.

—Papá... voy a casarme.

Papá miró a Natacha como si viera a una marciana.

—¿Qué broma es ésta?

—Ninguna broma. Voy a casarme.

—Pues no. Eres una criatura. No vales nada. Una inútil, sí, señor. Ayer todavía te limpiaba los mocos.

—He crecido, papá.

—En estatura.

—Quiero casarme, papá.

—¿Quieres casarte? ¿Estás obligada a casarte?

—No, pero Carlos vuelve a Guinea y quiero irme con él.

Papá cayó en la misma trampa que la Buela.

—De modo que por si fuera poco te casas con un negro...

—No sabía que fueras racista, papá. Por supuesto, si Carlos fuese negro me casaría con él de todos modos, pero es tan blanco como tú. Un poco más blanco, incluso.

Papá suspiró.

—¿Y qué hace ese conquistador de menores?

—Te recuerdo que soy mayor de edad y voté en las últimas elecciones. Carlos es cirujano. Cuando terminó la carrera abrió allí una clínica. Le tentó aquello.

—¡Vaya! Un conquistador de otro estilo. Un colonizador.

—Lo que prefieras, papá.

—Está bien. Hablaremos en otro momento. Hay tiempo.

—No lo hay. Él se vuelve a principios de julio, y quisiéramos casarnos antes.

Alberto y Quique debían de estar escuchando en el pasillo, porque se oyó el rumor de unos secreteos.

—Venid acá —rugió papá—. Que disfrutemos todos de la función. ¿Dónde estábamos?

Alberto y Quique no se lo hicieron repetir. Los ojos de ambos resplandecían. Algo había cortado la rutina.

—En que Natacha es mayor de edad —dijo entonces mamá diplomáticamente.

—Sí, ya lo he oído. Y que tiene derecho al voto. Pero no tiene ningún derecho a hacer tonterías. ¿Desde cuándo sales con el individuo?

—Hace tres meses.

—¡Tres meses! Ayer, como quien dice. Me gustaría mucho saber qué piensa la Buela de semejante disparate.

Buela me tenía en sus rodillas, y de nuevo su corazón empezó a ir como loco. «Ahora me la matan —pensé—. De ésta no sale.» La Buela dejó caer con un hilo de voz:

—Mi abuela se casó por poderes, sin conocer al que

iba a ser su marido. El abuelo había nacido en Filipinas, se enamoró de ella por una foto y la mandó llamar.

—Debía de ser una mujer hecha y derecha.

—Tenía dieciséis años —contestó la Buela.

—Otro disparate —runruneó papá, chafado por aquel comentario—. ¡Irse a Filipinas! ¿Qué clase de padres tenía tu abuela?

—Era huérfana.

—Huérfana —repitió papá triunfante—. Así se comprende. Pero Natacha no lo es. Tiene padre, madre, hermanos y abuela, ¿no es así?

Luego contempló curiosamente a la Buela.

—¿Has dicho que tu abuelo nació en Filipinas?

—Muchos españoles nacieron allí. Su padre se había casado con una tagala, pero él quiso hacerlo con una española.

Todos miramos a la Buela. Nunca, ni siquiera a mí, nos había contado lo de la bisabuela tagala. Ahora se comprendía todo.

—Está bien —dijo papá—. Eso es agua pasada. Volvamos a nuestro asunto.

—Papá —insistió Natacha—. He decidido casarme, pero preferiría que estuvieses de acuerdo... y contento.

—Por si fuera poco, contento. Primero tengo que hablar con ese sujeto.

—Vendrá a verte mañana. A esta hora.

—¡Mañana! ¿Es puñalada de pícaro?

Mamá intervino de nuevo:

—Enrique, por favor. Natacha se ha comportado correctamente. También a mí me duele perderla, pero ya se sabe.

—¡Ya está! —gritó papá hecho una furia—. Así sois las madres. Con tal de casar una hija sois capaces de echarla a los leones.

Alberto sofocó un asomo de carcajada y Quique salió

del cuarto de estar y se encerró en el baño. Mamá parecía desolada.

—Y supongo —prosiguió papá— que todos estabais en el ajo. Conjurados todos, menos yo, claro. Todo se hace siempre a espaldas del padre.

—Nadie sabía nada —dijo Buela—. Nadie te ha en-

gañado. Creo, Enrique, que estás tomando las cosas a la tremenda.

—Me siento estafado. Pasas años y años educando a una hija y cuando está preparada viene un desconocido y te la birla.

Nadie contestó. Papá pidió que le dejásemos solo, que tenía que mentalizarse. Se levantó mamá, Alberto se reunió con Quique, se levantaron Natacha y la Buela dispuestas a irse conmigo. Papá gritó de pronto:

—Dejadme a Veva.

Y Buela me dejó en las rodillas de papá.

En cuanto nos quedamos solos, papá puso el *Concierto para piano en Do menor* de Rachmaninov. No era su música predilecta, pero tenía tendencia a escucharla cuando se sentía preocupado por algo. A mí, sí, me gustaba mucho el *Concierto*. Era suave y triste al mismo tiempo. Como algo perdido, algo que se acaba. Papá me estrechó contra él y me di cuenta de que lloraba. Juntó su mejilla a la mía y sus lágrimas chorrearon sobre mí. Estuve a punto de hablarle, de decirle: «No llores, papá. Buela dice que los hijos se van. Que es ley de vida. No llores, papá...».

Pero me limité a acariciarle la cara y decirle bajito: «papá, papá, papá...». Él, entonces, me abrazó más fuerte aún y me besó mientras murmuraba: «Suerte que te tengo a ti, Veva. No crezcas demasiado aprisa. No te vayas. Aún tenemos dieciocho años por delante y no vamos a perder ni un minuto de estos años».

Me mantuvo abrazada como si alguien quisiera robarme. Al fin dejó de llorar y decirme cosas tan bonitas, tan tristes. Al cabo del rato entró mamá, y papá le dio un beso.

CRECER ES INEVITABLE

Natacha y Carlos se casaron a finales de junio. Después de la boda, los novios se fueron por su lado, Alberto y Quique se metieron en el cine de barrio, pues daban una del Oeste, y nosotros volvimos a casa.

Hacía un calor bárbaro, y a la Buela le dolían mucho los pies porque se había comprado, para la boda, zapatos nuevos con tacón bastante alto. Se los quitó, y también se cambió el vestido. A mí me desnudó y me puso el pijama. Eran casi las nueve de la noche y no pensábamos cenar porque la merienda había sido abundante.

Todo parecía igual, y sin embargo percibí una suerte de vacío. Pensé en los papás y dije a la Buela:

—Tal vez podría consolar a papá y mamá, hablándoles como lo hago contigo. Si supieran de mí lo que tú sabes...

Buela movió negativamente la cabeza.

—De ningún modo, Veva. Ahora has de tener más cuidado que nunca. Te faltan tres meses para cumplir el año y has de comportarte como lo que eres: una niña muy pequeña. Ellos no quieren que crezcas.

—No lo puedo evitar, Buela. Cada día soy un poco más vieja.

—Disimula unos años todavía. Por favor, Veva, no seas insensata. ¿No ves que de ti depende su seguridad?

—¿Y Alberto? ¿Y Quique? Papá y mamá están contentos de que se hagan hombres.

—Es distinto. Tú, ahora, eres la única chica de la casa, como Natacha lo fue durante muchos años. Ellos se irán y tú te quedarás. Deja que disfruten de ti. Anda, ve con ellos.

Los encontré, ensimismados, en el vano de la puerta del dormitorio que había sido de Natacha. Sí, todo parecía igual. Natacha había dejado allí un rastro de perfume y el esplendor de sus años de adolescente. Allí, invisibles, permanecían sus horas de estudio, pensamientos, alegrías, temores, sus últimas horas de ilusión. Papá y mamá se agarraban a los restos del paso de Natacha: la cama, el armario, la mesa, la silla, el balancín, un bloc de apuntes, dos bolígrafos usados...

—¿Es posible —preguntó papá— que una sola persona haga tanto bulto? ¿Que deje un hueco tan enorme en una casa tan pequeña?

—Estas cosas siempre son así —dijo mamá, que había llorado mucho durante la ceremonia—. Siempre son así —repitió.

No supe a qué cosas se referían. Deben de ser cosas de mayores, cosas de dentro más difíciles que las de fuera. Los papás permanecían allí, clavados, buscando, tratando de recuperar lo que ya no era más que un recuerdo.

—¡Mamá! ¡Papá!

En aquel momento despertaron. Mamá me tomó en brazos.

—¡Dámela! —dijo papá.

—No. Déjamela un momento. ¡Cómo ha crecido!

Papá quería tomarme en brazos. Mamá me retenía en los suyos.

—Dámela, te digo. No hay que perder ni un minuto.

Mamá me estrechaba contra su pecho. Allí me acurrucaba yo, siempre que podía, para escuchar el ruido aterciopelado de su corazón. Papá me tiraba por un lado, mamá por otro, y yo me eché a reír.

—Vamos a destrozarla —dijo mamá riendo también.

—¡Qué demonios, dámela! ¡Es mi hija!

Entonces me eché al cuello de papá.

Él me necesitaba más que nadie en aquel momento.

Mamá cedió al fin, y papá me envolvió en sus brazos.

—Es mi hija —repitió papá—. Mi hijita, Veva. Mi pequeña. Mi chiquitita por muchos, muchos años.

ÍNDICE

1. El nacimiento......................... 7
2. Mi casa............................ 17
3. Quiero que me quieran............... 27
4. Buela y Dios........................ 37
5. Hay que ayudar un poco.............. 47
6. Robar un pájaro 55
7. Sorpresas........................... 67
8. El secreto de la Buela............... 77
9. Pasito a paso....................... 85
10. Niños, jóvenes y viejos.............. 95
11. Mamá es un ángel 101
12. El secreto de Natacha................ 111
13. Natacha se casa..................... 119
14. Crecer es inevitable 131

Otros títulos de la colección:

Despereaux es la historia de un ratón, de una princesa, algo de sopa y un carrete de hilo.

noguer

Otros títulos de la colección:

El prodigioso viaje de Edward Tulane cuenta el largo trayecto que debe recorrer un conejo de porcelana para aprender a amar.

noguer

Despega con Noguer...
hacia la fantasía
de todos los tiempos.